Das Vivarium

D1857777

Wilfried Weigel

Das Schmuck- und Schauaquarium

Vierte, verbesserte Auflage
mit 4 Fotos auf 2 Farbtafeln

Kosmos · Gesellschaft der Naturfreunde
Franckh'sche Verlagshandlung · Stuttgart

Umschlag von Edgar Dambacher unter Verwendung einer Aufnahme von Artur Wagner
34 Textzeichnungen vom Verfasser
4 Fotos auf 2 Farbtafeln von S. Böker, TetraWerke

18.–23. Tausend
Franckh'sche Verlagshandlung, W. Keller & Co., Stuttgart/1971
Alle Rechte, auch die des auszugsweisen Nachdrucks, der fotomechanischen Wiedergabe, der Übertragung in Bildstreifen und der Übersetzung, vorbehalten
© 1964, Franckh'sche Verlagshandlung, W. Keller & Co., Stuttgart
ISBN 3-440-03793-2/LH 14 dö/Printed in Germany
Gesamtherstellung: Konrad Triltsch, Graphischer Betrieb, Würzburg

Das Schmuck- und Schauaquarium

Lieber Leser,

Bücher über Aquaristik gibt es in großer Zahl. Sie verraten uns, wie wir die Fische züchten und füttern, wie wir das Becken sauberhalten, durchlüften, heizen und wie wir das Wasser chemisch beeinflussen.

Zweifellos sind diese Kenntnisse sehr wichtig; doch meine ich, daß wir über diesen praktischen Dingen die Gesetze des Schönen nicht ganz vergessen sollten. Ein mit Geschmack und Liebe angelegtes Aquarium kann Gaststätten und Schalterhallen, Wartezimmern und Wohnräumen als Schmuck und Blickfang dienen.

Einem Vorurteil will ich gleich begegnen: Ein richtiges Schmuck- und Schauaquarium ist nicht nur schön, es ist zugleich zweckmäßig und biologisch richtig. Daher wollen wir nicht abstrakt über ästhetische Fragen reden: Wir wollen aus diesem Buch lernen, wie man Schmuckaquarien zweckentsprechend einrichtet. Wir wollen uns den günstigsten Platz im Zimmer suchen, wollen uns fragen, wie viele und wie große Becken wir aufstellen, wollen über Werkstoffe und technische Ausrüstung reden, vor allem aber über die Innenausstattung unseres Aquariums. Steine, Sand und Baumstümpfe wollen wir aussuchen, anordnen und befestigen, geeignete Pflanzen in richtiger Menge gruppieren, passende Fische auswählen und in solcher Zahl in das Becken setzen, daß jeder genug Lebensraum hat.

Pflanzen, Tiere und Menschen sollen Freude an unserem Aquarium haben!

Aquarientechnik quergestreift

Da nicht jeder, den dieses Buch interessiert, auch ein interessierter und versierter Aquarianer sein muß, und damit besagter Laie zur Lektüre dieses Buches kein aquaristisches Lexikon benötigt, machen wir erst einmal einen kurzen Streifzug quer durch die Aquarientechnik.

Möglich, daß Sie sich schon Gedanken gemacht haben, wo Ihr Aquarium einmal stehen soll. Sie haben vielleicht schon genaue Vorstellungen, wie lang, wie hoch, wie tief es werden soll. Wenn Sie jedoch, was ebenfalls möglich ist, am Ende dieses Buches das Gefühl haben, daß eine andere Lösung sinnvoller wäre, dann planen Sie ruhig um, denn es lohnt sich auch in der Aquaristik, „up to date" zu sein.

Eng verbunden mit den Überlegungen über die Größenverhältnisse ist das Werkstoffproblem. Je größer das Aquarium, um so höher ist einerseits der Wasserdruck auf Scheiben, Kitt und Rahmen und andererseits der Druck der gesamten Anlage auf ihr Fundament. Außerdem werden einige Dinge wie Beleuchtung, Wasserumwälzung und anderes mehr mit zunehmender Größe immer problematischer; und leider ist es so, daß man, selbst um nur 50 Liter Wasser in ein Aquarium zu verwandeln, schon einen kleinen Maschinenpark nebst Zubehör braucht. Es ist erstaunlich, was wir so alles an Aquarienbehältern, -heizern, -durchlüftern und -beleuchtungskörpern kennenlernen müssen, ehe wir uns überhaupt ein paar kleine Fischchen kaufen dürfen. Eine blühende Aquarienindustrie beweist uns das.

Ein Aquarienbehälter soll so gebaut sein, daß korrodierende Metallteile nicht mit Wasser oder Schwitzwasser in Berührung kommen können. In den letzten Jahren ist im Aquarienbau einiges Neue entwickelt worden, und wir können uns heute bei der Wahl unseres Aquariums für feueremaillierte Metallrahmenbecken oder für Becken aus seewasserbeständigem eloxierten Aluminium entscheiden. Es gibt Becken aus PVC und ähnlichen Kunststoffen und auch Kunstglas-Vollsichtaquarien. Asbestzement-Aquarien haben sich speziell für Seewasser bestens bewährt, neuerdings werden durchaus ernst zu nehmende Versuche mit geklebten Kristallglas-Aquarien gemacht.

Durch die Verbesserung der Beleuchtungskörper hat die Fensterbank ihre Vorrangstellung als bevorzugter Aquarienplatz verloren. Aquarien können heute überall aufgestellt werden — wir brauchen ihnen nur genug künstliches Licht zu geben. Das Licht über dem Aquarium brauchen wir nicht nur, damit wir seinen Inhalt gut sehen können, sondern vor allem, damit die Pflanzen gut wachsen. Es muß sogar Licht aus ganz speziellen Bereichen des Spektrums sein, damit die Pflanzen entweder in die Länge oder in die Breite oder sonstwohin wachsen. Was wir aber wirklich für Licht brauchen, darüber streiten sich noch die Fachleute. Hier ist alles noch im Fluß, obwohl schon eine Menge wichtiger Erkenntnisse gewonnen sind.

Unsere Aquarienfische und -pflanzen kommen größtenteils aus tropischen Gebieten, und es ist notwendig, das Aquarienwasser auf eine bestimmte Temperatur zu erwärmen und konstant zu halten. Im Prinzip ist dieses Problem durch elektrische Unterwasserheizkörper und Unterwasserthermostaten gelöst, obgleich sich in der Praxis gezeigt hat, daß hier in puncto Qualität und Präzision der Geräte noch einiges verbessert werden könnte.

In einem kleinen, abgeschlossenen Wasserbehälter, der sich boshaft bemüht, unsere aquaristischen Bestrebungen zu vereiteln, ist die Aquarienchemie ein schwieriges Problem, und damit zusammenhängend das biologische Zusammenspiel dieser tierischen und pflanzlichen Lebensgemeinschaft. Die Exkremente der Aquarientiere verunreinigen ständig das Wasser, und nur durch eine gut funktionierende Filteranlage läßt sich das Wasser auf die Dauer einigermaßen rein halten. Es gibt eine Unzahl von Filtersystemen und -vorrichtungen zur Wasserverbesserung im Aquarium. Die Tatsache, daß viele Aquarien jahrelang ungestört funktionieren, scheint die Richtigkeit des eingeschlagenen Weges zu bestätigen. Aber auch hier werden die Probleme komplizierter, je näher man ihnen zu Leibe rückt*. Der Sauerstoffhaushalt hängt eng mit der Filterung des Aquariums zusammen. Im Süßwasser-Aquarium sind die Wasserpflanzen daran stark beteiligt, vorausgesetzt, daß sie nicht gerade damit beschäftigt sind, ihren Geist aufzugeben. Zweckmäßig ist aber auf jeden Fall eine Sauerstoffanreicherung durch mechanische Luftzufuhr, bei Verwendung von Membranpumpen über einen Ausströmerstein, bei Kreiselpumpen durch Einspritzen des Wasserstrahls von oberhalb der Wasseroberfläche oder über eine Luftdüse. Die gebräuchlichsten Filtermaterialien sind Hydraffinkohle, Quarzsand, Perlonwatte und seit neuestem auch spezielle Kunst-Schaumstoffe. Wie eine Filteranlage tech-

---

* Näheres darüber in „HÜCKSTEDT, Aquarientechnik“ und „HÜCKSTEDT, Aquarienchemie“. Beide in dieser Reihe erschienen.

nisch funktioniert, ist in jedem Aquarienbuch, das ein bißchen auf sich hält, beschrieben.

Ich kenne eine Menge Aquarianer, denen die Aquarientechnik ein wahrer Greuel zu sein scheint. Immer wieder höre ich die Behauptung, daß ein Aquarium nur dann richtig funktioniere, wenn es sich so im „biologischen Gleichgewicht“ befindet, daß man auf den ganzen technischen Aufwand verzichten kann. Ich finde, das ist ein sehr wackeliges Argument. Wenn wir ein Aquarium technisch gut ausrüsten, haben wir anderen Methoden auf alle Fälle einiges voraus. Wenn in unserem Becken im biologischen Ablauf einmal etwas schiefgeht, scheidet hier eine bestimmte Gruppe von Faktoren mit größter Wahrscheinlichkeit aus. Und das ist durchaus ein Argument, denn in der Aquaristik spielen so viele unbekannte Größen unbekannte Rollen, daß wir froh sind um jedes bißchen Klarheit.

Empfehlen sollte man jedoch nur das wirklich Bewährte. Viele schöne und gut funktionierende Aquarien beweisen uns immer wieder, daß es sich lohnt, die Aquarientechnik ernst zu nehmen und sich mit ihr auseinanderzusetzen.

Bio-logisches

Jahrelang stand das Beobachten biologischer Vorgänge, wie Nahrungsaufnahme, Fortpflanzung, Wachstum und Regenerationsfähigkeit, und das meist ziemlich nutzlose Kokettieren mit den unsichtbaren Vorgängen im Vordergrund der Aquaristik. Die Auseinandersetzung mit der all diese Vorgänge beeinflussenden und steuernden Chemie des Wassers dagegen hat erst seit kurzem ernsthaft eingesetzt. Wir wissen heute eine Menge über Sauerstoff- und Stickstoffhaushalt, Salzkonzentrationen und pH-Wert-Verschiebungen, Eiweißabbauvorgänge usw. Diese Faktoren bestimmen das Geschehen in einem Aquarium. Je mehr wir hier die Zusammenhänge begreifen, desto leichter wird es uns fallen, aquaristische Probleme zu lösen.

Die meisten Süßwasserfische brauchen ein relativ weiches, leicht saures Wasser. Wir sind durchaus in der Lage, es zu beschaffen. Schwieriger wird es in den meisten Fällen schon sein, das Wasser im Aquarium so zu erhalten. Nur allzugern versucht das Wasser, in Richtung alkalisch auszubrechen, und genauso boshaft verhält es sich in bezug auf seine Reinheit, denn durch Eiweißabbauvorgänge kommt es zu einer ständig zunehmenden Nitratanreicherung. „Des einen Leid, des andern Freud“, sagen die Aquarienpflanzen und ernähren sich von den anfallenden anorganischen Substanzen. Dies und die Tatsache, daß sie bei Tag Sauerstoff abgeben, machen sie uns so sympathisch. Wir sehen also, theoretisch würde sich alles von selbst regeln. In der Natur ist dies ja auch der Fall, aber in unseren Aquarien leider doch wohl nicht so ganz.

Fische können sich im Laufe der Zeit recht gut an einen langsam ansteigenden Nitratgehalt des Wassers gewöhnen und sich, bis zu einer gewissen Grenze, dabei wahrscheinlich ganz wohlfühlen. Setzt man aber in ein solch nitratreiches, altes Wasser neue Fische ein, so kann es durchaus passieren, daß sie Schaden leiden. Jeder gesunde Fisch hat von Hause aus genügend Abwehrkräfte, um im Normalfall mit Krankheitserregern fertig zu werden. Aquarienfische jedoch sind oft durch ungünstige Umweltbedingungen geschwächt und dann nicht mehr in der Lage, einer Infektion Herr zu werden. Es ist also durchaus nicht immer der Zoohändler schuld, wenn sich unsere Aquarienfische nicht wohlfühlen oder gar sterben.

Fast alle Verunreinigungen des Wassers könnten wir chemisch analysieren und teilweise sogar mechanisch, chemisch oder elektrochemisch beseitigen. Es mag für manch einen ganz amüsant sein, neben dem Aquarium noch ein kleines chemisches Laboratorium zu betreiben, für den Normalfall jedoch ist das etwas zu kompliziert. Es sei denn, die Aquarienindustrie würde uns hier praktische und einfache Hilfsmittel für die wichtigsten Wasseruntersuchungen an die Hand geben. Aber wenn wir alle zwei bis drei Monate einen teilweisen Wasserwechsel vornehmen, so bedienen wir uns einer bewährten Methode, diesem Dilemma zu entgehen. Trotz sorgfältiger Reinhaltung wird es immer irgendwo versteckte Winkel geben, wo sich größere und kleinere Schmutzpartikelchen sammeln und lustig dahin-„mulmen". Mit Hilfe eines Mulmhebers läßt sich wenigstens ein Teil von diesem Dreck leicht beseitigen, bevor er sich zersetzt und das Wasser verunreinigt.

Genau wie bei uns Menschen wird auch bei den Fischen ums tägliche Brot manchmal regelrecht gekämpft. Das heißt, nach welchen Regeln hier gekämpft wird, wissen wir noch nicht so genau, aber daß auch hier der stärkste und aggressivste stets den größten Happen erwischt, ist sicher. Durch vernünftige Auswahl der Tiere bei der Besetzung des Aquariums und durch geschickte Fütterung kann man dem entgegenwirken. Man hört oder liest so oft das Schlagwort „Futterprobleme". Meiner Ansicht nach gibt es in der Aquaristik heute keine Futterprobleme mehr, es gibt allenfalls Fütterungsprobleme bei einigen Nahrungsspezialisten unter den Aquarienfischen. Der reichhaltige Speisezettel umfaßt Daphnien, *Cyclops*, Mücken- und Fliegenlarven, Enchyträen, *Tubifex*, eine Anzahl guter Trockenfuttersorten mit Vitaminzusätzen usw. Es läßt sich beobachten, daß Fische in gewissem Sinne durchaus Feinschmecker sind, denn sie geben oft bestimmten Futtersorten den Vorzug. Trotzdem kann man die meisten Fische mit etwas Geduld und

Ausdauer dazu bringen, auch das anfangs verschmähte Futter zu fressen. Überhaupt erscheint es mir wichtig, beim Füttern die Freßgewohnheiten der verschiedenen Arten zu berücksichtigen. Nur ein laut knurrender Magen kann einen Bodenfresser dazu bewegen, sein Futter aus dem freien Wasserraum anzunehmen. Bei manchen Fischen muß es unbedingt ein lebendes, zumindest aber ein im Wasser schwebendes, sich bewegendes Futter sein. Diese Tiere gehen höchst ungern auf den Boden, um Nahrung aufzunehmen. Ja, es soll sogar Fische geben, die lieber in stolzer Größe verhungern, ehe sie sich an eine nicht standesgemäße Tafel setzen.

Unsere Aquarienfische sind meistens Friedfische und ihre besten Schutzmittel sind Flucht, Versteck oder Tarnung. Freiwasserfische brauchen aus diesem Grund genügend Raum für eventuelle Fluchtbewegungen. Für viele Fische sind Versteckplätze unter Steinen und Wurzeln oder im Pflanzendickicht zum Wohlbefinden unbedingt notwendig. In einem Aquarium, in dem auf diese Bedürfnisse der einzelnen Arten keine Rücksicht genommen wird, muß man damit rechnen, daß die Tiere immer relativ scheu, aber verständlicherweise auch aggressiv sind.

Aus biologischen und ästhetischen Gründen beherbergen unsere Aquarien viele Wasserpflanzen. Die Pflanzen helfen uns, das Wasser reinzuhalten, sie dienen den Fischen als Versteck, und Haftlaicher benutzen die Blätter und Stengel zur Eiablage. Da sie außerdem, wie schon erwähnt, bei der Photosynthese Sauerstoff abgeben und Kohlensäure aufnehmen, sind sie für jedes Aquarium von großem Nutzen. Ihr ästhetischer Wert ist aber für jeden, der in einem Aquarium nicht nur einen Fischzuchtbehälter sieht, ebenso groß.

Wir kennen Pflanzen, deren Schönheit erst voll zur Geltung kommt, wenn sie sich als Einzelexemplar frei entfalten können. Andere wirken erst, wenn sie in Gemeinschaft mit ihresgleichen als größere Pflanzengruppe stehen. Je nach Bedarf kann man einen dichten Bodenbewuchs gestalten und den freien Wasserraum nach oben verlegen, oder man kann mit langstieligen Blattpflanzen an der Oberfläche ein Dickicht schaffen und den unteren Wasserraum freihalten. Obwohl manche Aquarianer heute immer noch behaupten, daß Wasserpflanzen unbedingt Tageslicht brauchen, wachsen sie auch bei künstlicher Beleuchtung. Zwar ist unser Wissen auf diesem Gebiete noch etwas mangelhaft, aber die Erfolge mit Kunstlicht sind durchaus ermutigend. Es werden von der Beleuchtungsindustrie gerade auf dem Gebiete wachstumsfördernden Kunstlichts große Anstrengungen gemacht, die sehr vielversprechend sind. Obwohl man dabei in erster Linie an Gärtnereien und biologische Institute denkt, profitieren auch wir Aquarianer davon. Hier ist ein Gebiet, wo es sich für jeden Aquarianer lohnt zu experimentieren.

Wasserpflanzen ernähren sich entweder hauptsächlich über die Wurzeln, oder sie nehmen ihre Nahrung durch das Blattwerk auf. Einige sind raffiniert und benützen beide Methoden. Bis auf die Schwimmpflanzen brauchen sie alle einen sandigen Bodengrund, um sich darin zu verankern. Von der richtigen Körnigkeit dieses Bodens und von seinen Nährstoffen, welche von den Wurzeln der Pflanzen aufgenommen werden, hängt es ab, ob die Pflanzen ein gesundes Wurzelwerk entwickeln. Er soll vom Wasser durchströmt werden können und tunlichst keine Fäulnisherde bilden. Wenn das natürliche Nährstoffdepot nicht mehr ausreicht, die Pflanzen zu ernähren, stehen uns künstliche Düngemittel zur Verfügung, die auch ohne weiteres prophylaktisch angewendet werden können.

Das wichtigste Zubehör für ein Aquarium ist der Aquarianer selber. Jeder, der zur Dekoration seiner Räume oder aus psychologischen Gründen ein Aquarium einrichten will, ohne sich selbst mit der Pflege befassen zu können, muß sich wohl oder übel eines fachmännischen Betreuers versichern.

Aquarium im Maßanzug

Manchmal stehen einem fast die Haare zu Berge über die Aquarien, die man heute noch hie und da als „Zimmerschmuck" zu sehen bekommt. Da steht so ein Fischkäfig, garniert mit unzähligen Zulauf-, Ablauf- und sonstigen Laufschläuchen, Kabelgewirr seitlich, Kabelgewirr am Boden, Filterkasten-Anhängsel mit verrosteten Bügeln und einer Schalttafel wie für ein mittleres Elektrizitätswerk; kurz, das ganze Zubehör ist in einem wirren Haufen um das Aquarium aufgetürmt. Das hat mit Zimmerschmuck ebensowenig zu tun wie mit Schönheit der Technik. Wohlgemerkt, das sind Gott sei Dank Ausnahmen, oder, was durchaus möglich ist, wir stehen vor dem Werk eines ausgeprägten Individualisten.

Genausowenig empfehlenswert ist das andere Extrem. Da ist das in die Bar eingebaute Aquarium noch harmlos gegenüber dem, was findige Geschäftsleute alles als Aquarienunterbringungsort entdeckt haben, wie hochdekorative Zimmerspringbrunnen mit Unterwasserbeleuchtung und Fischen, Aquarien unter einer Tischplatte aus Glas oder „geschmackvolle" Blumenvasen aus Glas, deren Unterteile einige Fische beherbergen. All das gibt es wirklich, und da behaupten Leute, über den Geschmack ließe sich streiten.

Ein Aquarium in einen Raum harmonisch einzuordnen, ist gar keine so leichte Aufgabe, wie es vielleicht scheint. Ganz gleich, ob es Teil oder Mittelpunkt einer supermodernen Innenarchitektur sein soll, ob es die behagliche

Atmosphäre eines gepflegten Wohnraumes beleben soll oder ob damit sachliche Geschäftsräume ein bißchen entnüchtert werden sollen, es muß sich auf alle Fälle einordnen. Ein Blickfang wird es immer sein, dafür sorgt schon der Kontrast zwischen seinem Inhalt und der Umgebung. Wer glaubt, so ein ungewöhnliches Dekorationsmittel verlange nach einem besonders auffälligen und attraktiven Gewand, unterliegt damit einem Trugschluß. Ebenso, wer ins andere Extrem verfällt und glaubt, er müsse sein Aquarium mit einer Möbelattrappe tarnen. Natürlich müssen wir unterscheiden zwischen der Absicht, das Aquarium in ein neues Bauprojekt einzuplanen, und dem Wunsch, ein Aquarium einer vorhandenen Wohnumwelt einzuordnen. Im ersten Fall werden die Proportionen des Aquariums eine große Rolle spielen. Alle sich speziell daraus ergebenden technischen Probleme müssen erst sorgfältig durchdacht werden, ehe man zu Werke geht. Bei der Unterbringung eines Aquariums in einem vorhandenen Wohnraum wird uns meist eine bestimmte Größe und Form als beste Lösung durch die anderen Raumelemente vorgeschrieben.

Ganz andere Schwierigkeiten ergeben sich aus den jeweiligen Verhältnissen am Aufstellungsort. Wenn zum Beispiel in einem Restaurant jemand sein Bier ins Piano kippt, dann ist das Sachbeschädigung, kippt er es aber ins Aquarium, so ist es zusätzlich noch Tierquälerei. Daher ist es besser, das Aquarium unter Verschluß zu halten. Auch die örtlichen Temperaturverhältnisse spielen eine nicht unerhebliche Rolle. Sie sollten wirklich genau geklärt werden, denn in einem Raum mit extrem starken Temperaturschwankungen können Schwierigkeiten auftreten, weil Aquarienheizer nur einen begrenzten Leistungsbereich haben und Fische sowie Pflanzen gegen größere Temperaturschwankungen empfindlich sind. Wie bereits erwähnt, sind wir auf Tageslicht für das Aquarium nicht unbedingt angewiesen. Einfallendes Tageslicht soll das Betrachten des Aquariums erleichtern und nicht durch ungünstige Reflexe stören.

Es gibt zwar Aquarienversicherungen, aber es ist trotzdem nicht angenehm, wenn unserem Becken eine Scheibe platzt, weil nicht bedacht worden ist, daß in der Nähe zum Beispiel durch eine Fabrik oder eine Straßenbahn ständig starke Erschütterungen auftreten. Das muß natürlich nicht passieren, man hat es aber schon erlebt.

Aquarienfische sind sicherlich Kummer gewöhnt, aber genausowenig, wie sie gerne Bier trinken, werden wir sie dazu bringen, mit Nikotin zu sympathisieren. Überall da, wo viel geraucht oder auf andere Weise die Luft stark verunreinigt wird, müssen wir dafür sorgen, daß diese Luft nicht in das Aquarium gelangen kann. Wir schalten vor oder hinter die Pumpe eine sogenannte Waschflasche zur Luftreinigung (siehe HÜCKSTEDT, Aquarientechnik).

Wie ein Wandbild

Die Möglichkeit, das Aquarium hinter einem Mauerdurchbruch zu einem Nebenraum aufzustellen, so daß von der Beschauerseite her, einem Bilde gleich, nur die Vorderseite gesehen wird, ist alt und bekannt. Trotzdem möchte ich gerne näher darauf eingehen. Es ist eine äußerst vorteilhafte Lösung für den Fall, daß von der Beschauerseite her entweder wenig Platz vorhanden ist oder man aus besonderen Gründen keinen Aquariumbehälter in diesem Raum haben will. Außerdem ist man jeglicher Sorge wegen der versteckten Unterbringung der technischen Geräte von vornherein enthoben. Ob wir den Mauerdurchbruch mit Holz verblenden, ob wir eine Kunst- oder Natursteinumrandung machen oder einfach glatt verputzen, auf jeden Fall soll das lichte Maß des endgültigen Ausschnittes 5 bis 6 cm kleiner sein als die Länge des Aquariums, damit wirklich nur die Glasscheibe ohne Rahmen zu sehen ist. Je nachdem, ob das verehrte Publikum das Aquarium später sitzend oder stehend betrachten soll, muß der Ausschnitt dementsprechend etwa in Augenhöhe liegen. Darunter kann mittels einer Konsole, die wir je nach Geschmack seitlich überstehen lassen, die Möglichkeit zur Aufstellung einiger dekorativer Topfpflanzen geschaffen werden. Natürlich wird auch zum Beispiel eine schön gewachsene Monstera, die man zweckmäßigerweise seitlich am Boden placiert, denselben Effekt erzielen. Wenn der Nebenraum, in dem das Aquarium aufgestellt wird, wirklich nur ein Nebenraum ist, kann man rückwärts auf äußere Schönheit des Beckens zugunsten seiner Zweckmäßigkeit natürlich verzichten. Wem ein Asbestzementaquarium normalerweise zu wuchtig und schwer erscheint, kann es in diesem Fall trotzdem einsetzen und seine großen technischen Vorteile nutzen (Bild 1).

Aus Zement

Natürlich besteht hier auch die Möglichkeit, ein stationäres, zementiertes Becken zu placieren, wenn die Tragfähigkeit des Bodens ausreicht. So ein Zementaquarium ist wohl der Traum sehr vieler Aquarianer, da es eine ganze Menge Vorteile und Möglichkeiten zum Experimentieren bietet. Es können zum Beispiel Filterkammern fest mit eingebaut werden und Wasserablaufvorrichtungen für Entleerung berücksichtigt werden (das ist ein großer Vorteil bei einer Generalreinigung). Für spezielle Zwecke, wie zum Beispiel Meeresaquarien, läßt sich hier eine stationäre Grunddekoration aus einzementierten Steinaufbauten einfügen.

Bild 1. *Aquarium hinter einem Wanddurchbruch (Wandbild)*

Man kann sich so ein Zementbecken sehr wohl selber bauen, trotzdem empfiehlt es sich, einen Baufachmann zu Rate zu ziehen, schon damit keine Pannen durch das hohe Gewicht dieser Anlage entstehen. Zementaquarien müssen vor Inbetriebnahme einer sorgfältigen Behandlung unterzogen werden. Zement gibt Härtebildner an das Wasser ab und kann unter Umständen giftig sein. Durch Abbürsten mit einer schwachen Salzsäurelösung (5–10%), anschließendem tagelangen Durchspülen mit fließendem Wasser und einer vorsorglichen Wiederholung des ganzen Vorganges kann man den Zement allmählich unschädlich machen. Wer ganz auf Nummer Sicher gehen will, wird anschließend daran mit einem Chlorkautschuklackanstrich oder mit einer Kunststoffbeschichtung (Hückstedt, Aquarientechnik) ein übriges tun. Wenn in so ein Aquarium sofort teure oder empfindliche Tiere eingesetzt werden sollen, empfiehlt es sich, vorher eine Wasseranalyse in einem chemischen Labor machen zu lassen, nachdem das Wasser einige Tage unter ständiger Umwälzung im Zementbecken war.

Die Beleuchtung kann in diesem Fall einfach und unkompliziert mittels von der Decke hängenden Reflektoren und Leuchtstoffröhren gelöst werden. Von der Größe der Anlage hängt die Anzahl und Stärke der Leuchtstoffröhren ab. Bei Verwendung mehrerer Röhren ergibt sich die Möglichkeit, mit Licht verschiedener Spektralbereiche zu experimentieren. Es ist selbstverständlich, daß die Abdeckung des Aquariums in diesem Falle aus Glas oder Kunstglas sein muß. Die Beleuchtungskörper sollen möglichst knapp über der Anlage hängen, da die Lichtintensität mit dem Quadrat der Entfernung abnimmt. Wir brauchen ja eine möglichst hohe Lichtausbeute. Eine andere Möglichkeit, die Aquarien auszuleuchten: Wir bringen Unterwasserleuchten ein. Das sind wasserdicht verarbeitete Leuchtstoffröhren oder Soffittenlampen, die meistens noch eine Reflektionsschicht aufweisen. Großartige Lichtexperimente kann man damit allerdings nicht machen, denn diese Röhren sind nur in einigen Spektralbereichen zu haben. Außerdem ist es ein bißchen schwierig, Ersatzröhren auszuwechseln und zu montieren. Der Name „Unterwasserleuchte" bedeutet nicht, daß diese Lampen unbedingt unter Wasser angebracht werden müssen. Wir können sie genausogut über der Wasseroberfläche unter der Deckscheibe oder sonstwo im Bereich feuchtigkeitsgesättigter Luft unterbringen. Wenn Unterwasserleuchten verwendet werden, placieren wir sie zweckmäßigerweise unterhalb der Abdeckung, weil sich ja nur da und unter Wasser ihr Einsatz lohnt. In diesem Falle kann die Aquarienabdeckung durchaus auch aus undurchsichtigem Material, aber nicht aus Metall und auch nicht aus feuchtigkeitsgefährdetem Material sein. Sehr gut eignen sich hier Asbestzementplatten, auf deren Nutzen für die Aquaristik an anderer Stelle noch näher eingegangen wird.

Eine kleine Stufe in der Oberkante des Zementaquariums (Bild 2), die zur Aufnahme der Abdeckung bestimmt ist, verhindert, daß das Schwitzwasser

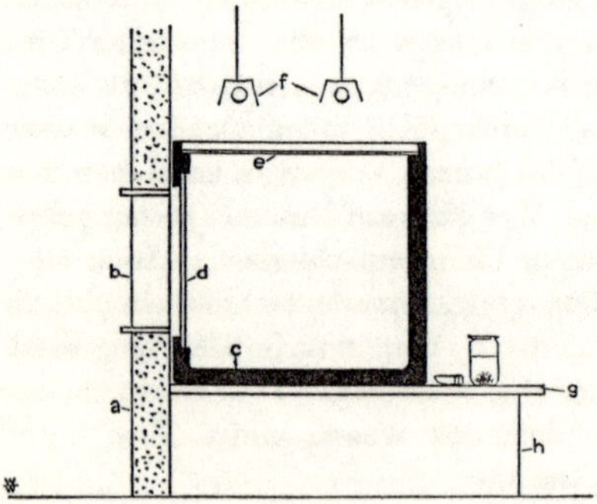

BILD 2. *Schemazeichnung eines Zementaquariums hinter einem Wanddurchbruch. a = Wand, b = Durchbruch, c = Zementbecken im Schnitt, d = Aquarienscheibe, e = Aquariendeckscheibe, f = Beleuchtungseinrichtung, g = Grundbrett, h = Sockel*

außerhalb des Aquariums abtropfen kann. Wie wir schon festgestellt haben, eignet sich ein Aquarium hinter der Wand sehr gut für Experimentierzwecke. In einem Experimentierbecken wird viel improvisiert, und eine versteckte Unterbringung solcher vorübergehender, technischer Schlampereien wäre Zeitverschwendung.

Das Ganze als Beispiel in die Praxis eines Arztes verlegt, ergibt etwa folgendes Bild: ein Warteraum, Untersuchungszimmer, eventuell kleines Labor oder sonstiger Nebenraum. Der Arzt ist ein experimentierfreudiger Aquarianer. Was liegt hier näher, als das Angenehme mit dem Nützlichen zu verbinden, und — da es die räumlichen Verhältnisse gestatten — mit einem Mauerdurchbruch in den Warteraum das Aquarium den Patienten zugänglich zu machen. Viele Ärzte bejahen heute schon die entspannende, ablenkende und beruhigende Wirkung eines Aquariums auf wartende Patienten. Das ist leicht verständlich, speziell in einer Großstadtpraxis, in die der Mensch aus der nervösen Betriebsamkeit der Stadt kommt. Ein entspannter und ruhiger Patient erleichtert aber dem geplagten Medizinmann durchaus die Arbeit.

Hinter der Wand kann der Arzt in seiner freien Zeit hemmungslos „aquarianern" und ruhig ein bißchen Unordnung machen, die sich manchmal nicht vermeiden läßt.

Das Becken aus PVC

Es gibt aber noch eine andere Art von Aquarienbehältern: Eine stabile Kiste aus Sperrholz in den gewünschten Ausmaßen bildet das Gerüst. Die Oberseite ist offen, ebenso die Vorderseite bis auf eine Querverbindung an der oberen Kante. Oben herum laufen Stabilisierungsleisten aus Holz. Der Innenraum dieser Kiste wird nun mit PVC-Platten ausgekleidet und in den Ecken wasserdicht verschweißt oder verklebt. An der Vorderseite, die ja offen ist, läuft links, unten und rechts ein Doppelsteg (Bild 3) aus kräftigem PVC. Der Abstand zwischen den beiden Stegen wird so berechnet, daß die Frontscheibe und ein hineingepreßter Plastikschlauch Platz haben. Dieser Schlauch fixiert mit seinem Druck die Glasscheibe und verhindert das Heraustreten des Wassers. Diese Scheibendichtung erscheint im ersten Moment etwas problematisch, hat sich aber in der Praxis gut bewährt. Nun können wir ein Weiteres tun und mit einer gerade noch biegsamen PVC-Platte, die so dick ist, daß sie dem anfallenden Wasserdruck noch standhalten kann, eine runde Panoramarückwand einbringen. Sie reicht von der Seite zur Rückwand und wieder zur Seite und schneidet die hinteren Ecken ab. In diesen beiden dreieckigen Kammern lassen sich nun Filterbehälter unterbringen, ebenso Ausströmer, Heizer, Thermostaten, Entkeimungslampen, usw. Dieses Becken eignet sich auch gut für die Unterbringung einer Bodengrunddurchlüftungsanlage, indem wir einen PVC-Rost als doppelten Boden einziehen (Hückstedt, Aquarientechnik).

Perspektiven

Es scheint mir, als ob in dem Gebiet der Aquariengestaltung gewisse psychologische Momente durchaus eine Rolle spielen würden. Ob man allerdings aus solchen Überlegungen praktische Schlußfolgerungen ziehen sollte, möchte ich dahingestellt sein lassen. Auf jeden Fall erscheint mir das Thema reizvoll genug, um hier ein bißchen damit zu spielen.

Die moderne Architektur versucht durch Schaufenstertrakte, die den eigentlichen Geschäften vorgebaut werden, stark vergrößerte Schaufensterfronten zu schaffen. Viel Glas und die Möglichkeit, alles genau nnd von allen Seiten betrachten zu können, schaffen hier die Grundlage für Vertrauen und Kaufwünsche. Der Trend, alle möglichen Waren in Klarsichtverpackungen anzubieten, verfolgt das gleiche Ziel. Der Mensch unserer Zeit ist gewohnt, beziehungsweise wird dazu erzogen, stark auf visuelle Eindrücke zu reagieren, Ein Aquarium, das den Drang zum „Darumherumgehen-und-überall-hineinschauen-Können" befriedigt, wird also schon dadurch ein modernes Aquarium sein.

Überall, wo wir einer großen Organisation gegenüberstehen, deren Schalten und Walten wir nicht mehr überblicken können, und wo unser Anliegen in Verwaltungsgebäuden, Schalterhallen und endlosen Bürotrakten durch die Maschinerie läuft, kommen wir uns bald etwas unsicher und hilflos vor und sind nur zu leicht geneigt, dies alles mit Mißtrauen zu betrachten. Nun sind aber meistens solche Organisationen auf Vertrauen aufgebaut. Man versucht heute in der Architektur, durch klare Linien und Formen diesen Räumlichkeiten den Anstrich großzügiger Offenheit zu geben. Wenn man vor der Aufgabe steht, an einem solchen Ort eine Aquarienanlage einzuplanen, bietet sich doch dieses rundherum besehbare, frei im Raum stehende Aquarium geradezu an.

Der Beruf eines Arztes ist noch bis in die heutige Zeit irgendwie mit dem Nimbus des Geheimnisvollen umgeben. Ist es nicht so, daß auch die Menschen unserer Tage trotz Fortschritt und Aufklärung ihr Heilungssuchen immer noch eng verknüpfen mit einem gewissen Wunderglauben?

Der Patient im Wartezimmer erwartet — und es erwarten ihn — unbekannte Gerätschaften und Gerüche, seltsame und unverständliche Hand-

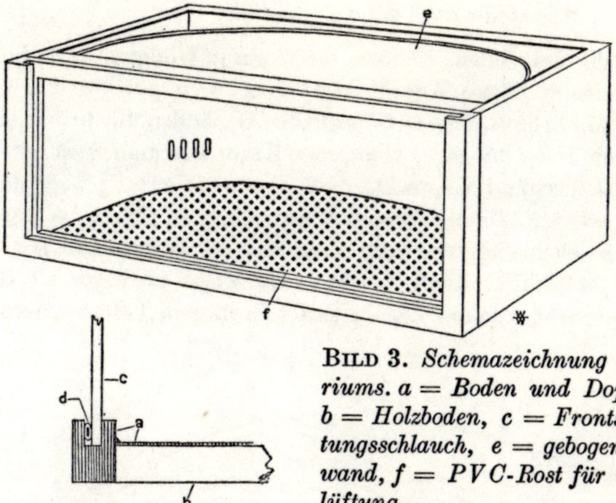

Bild 3. *Schemazeichnung eines PVC-Aquariums. a = Boden und Doppelsteg aus PVC, b = Holzboden, c = Frontscheibe, d = Dichtungsschlauch, e = gebogene Panoramarückwand, f = PVC-Rost für Bodengrunddurchlüftung*

griffe, prüfende, ernste Blicke und freundliche Aufmunterung, die das Befremdliche oft noch unterstreicht in dem Versuch, darüber hinwegzuhelfen. Das Wartezimmer hat nun einmal diesen Nimbus. Warum dann nicht gleich in dieselbe Kerbe hauen und hier ein Aquarium einbauen, das ein bißchen geheimnisvoll wirkt. Der Beschauer sieht nur ein lebendes Bild, wie es funktioniert, bleibt ihm jedoch verborgen.

Schulen und Lehranstalten werden bei der Planung einer Aquarienanlage als Schauaquarium wieder ganz andere Überlegungen anstellen. Einerseits setzen wir hier ein kritisches, auf Suchen und Forschen eingestelltes, modernes Publikum voraus. Andererseits müssen wir versuchen, mit solch einer Anlage zur Naturbeobachtung anzureizen, sie aber auch gut möglich zu machen. Es wird also hier darauf ankommen, möglichst viele, ineinandergreifende und sich überschneidende biologische Vorgänge sichtbar zu machen. Ich könnte mir denken, daß in so einem Fall beispielsweise eine Kombination zwischen einem Aquarium und einem Regenwaldterrarium (Paludarium) eine reizvolle, brauchbare Lösung wäre. Wenn wir vom reinen Wasserteil mit Fischen und Pflanzen übergehen zum Uferteil mit Steinen und Wurzeln für amphibische Lebewesen, wenn wir dafür sorgen, daß ausgesprochene Sumpfpflanzen kultiviert werden können und ein darüberliegender, kleiner Gewächshausteil mit epiphytischen Urwaldpflanzen das Ganze abrundet, haben wir eine Lebensgemeinschaft reproduziert, die ein wirklich breites Beobachtungsfeld ermöglicht.

Aquarien, die völlig frei stehen, kommen meist nur in größeren Räumlichkeiten voll zur Geltung. Diese Aquarienart eignet sich gut für Foyers, Schalterhallen und ähnliche Räume in öffentlichen Gebäuden. Sie bringt uns eine Menge Probleme. Denn der ganze technische Kram, den man sonst hinter einer Seiten- oder Rückwand versteckt, muß hier zwangsläufig über dem Aquarium placiert werden. Damit unter das Aquarium zu gehen, ist wenig sinnvoll, denn die Beleuchtung muß nach oben, und die Filteranlage, soweit es sich um einen Außenfilter handelt, darf auch nicht niedriger als der Wasserspiegel angebracht werden. Das bedeutet in diesem Falle wiederum

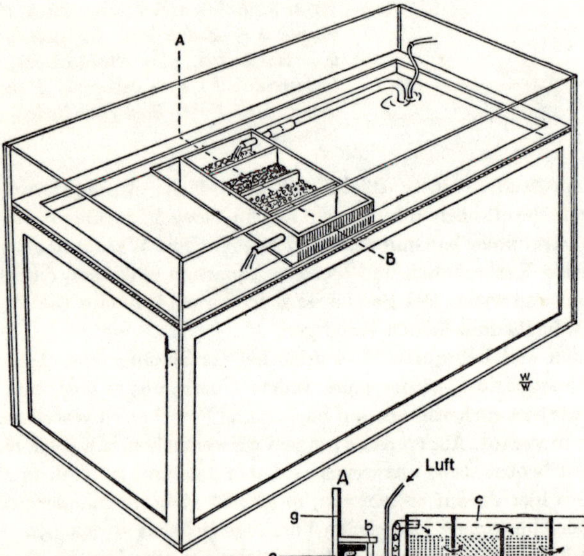

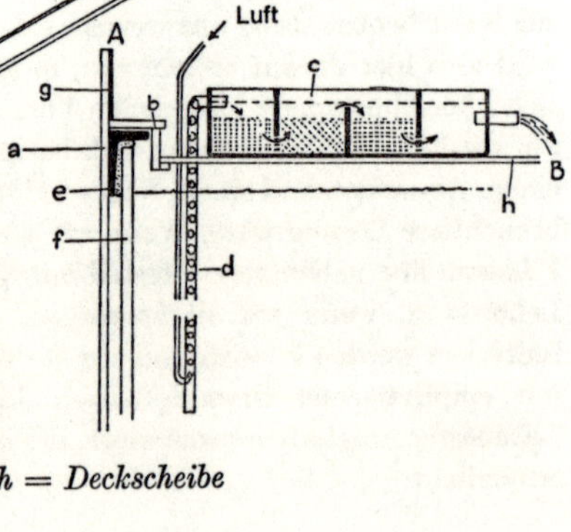

Bild 4. *Kammerfilter über dem Aquarium und Plexiglasverkleidung (schematisch). A–B = Schnitt durch den Kammerfilter, a = Plexiglasverkleidung, b = Stabilisierung und Auflage für Deckscheibe, c = Kammerfilter, d = Filtersteigrohr, e = Beckenrahmen, f = Aquarienscheibe, g = Blende gegen Lichtabstrahlung und Sicht, h = Deckscheibe*

über dem Aquarium. Nur wenn man für die Filterung einen geschlossenen, wasserdichten Kreislauf verwendet, könnte man den Filter nach unten legen. Solche Anlagen werden bereits angeboten. Sie selbst zu bauen, dürfte für einen normalen Bastler ziemlich schwierig sein. Wenn man von der herkömmlichen Filtermethode ausgeht, die mit großer Filteroberfläche und verschiedenen Filterschichten, wie Kies, Kohle, Perlonwatte usw., arbeitet, bieten sich zwei brauchbare Filterplacierungsmöglichkeiten an. Erstens können wir in der Mitte über dem Becken einen flachen Kammerfilter anbringen, dessen Kammern hintereinander gestaffelt liegen (Bild 4). Mit einer Kreiselpumpe oder Membranpumpe und Steigrohr betrieben, ist es eine bewährte, tadellos funktionierende Anlage, wenn sie in ihren Proportionen der jeweiligen Durchlaufgeschwindigkeit gerecht wird. Dieser Filter ist leicht zu bedienen und leicht zu reinigen. Ringsherum liegen — je nach vorhandenem Platz — die Leuchtstoffröhren, gegen Spritzwasser geschützt. Sie sind zumindest an zwei gegenüberliegenden Seiten nach oben oder seitlich wegklappbar, damit man das Aquarium selbst ungehindert bedienen kann. Über den Filterkammern läßt sich mit einer kräftigen Beleuchtung die Voraussetzung zu einem biologischen Algenfilter schaffen.

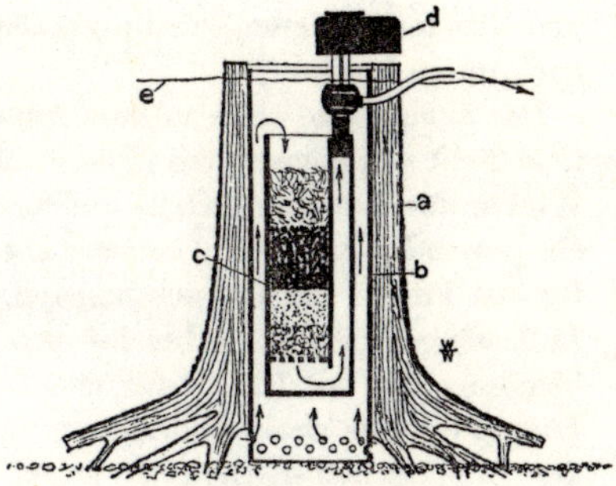

Bild 5. *Schema eines Filters im Wurzelstock. a = Wurzelstock (auch Korallenaufbau oder Steine), b = äußeres Filterrohr, c = Filtereinsatz mit Steigrohr, d = Tauchkreiselpumpe „Turbelle", e = Wasserhöhe*

Bei der zweiten Lösung benötigen wir einen vollständigen Wurzelstock (Bild 5). Er ragt oben 3 bis 5 cm über die Wasseroberfläche und beherbergt in seinem ausgehöhlten Inneren eine Filteranlage aus Plexiglasrohr oder PVC. In dem Zwischenraum von äußerem Rohr und dem inneren, zylindrischen Filtereinsatz steigt das Beckenwasser nach oben und tritt durch eine Anzahl von Löchern oder Schlitzen über der Filterschicht in den Filtereinsatz ein. Durch die im Steigrohr mechanisch erzeugte, rückläufige Strömung wird das Beckenwasser durch die Filterschichten gesaugt. Auch dieser Filter läßt sich mittels Kreiselpumpe ebenso wie mit einer Membranpumpe betreiben. Genausogut kann man natürlich in dem äußeren Rohr beziehungsweise im ausgehöhlten Wurzelstock tadellos einen Topffilter placieren. Heizer und Regler oder deren Zuleitungskabel lassen wir in einem der Beckenwinkel nach unten laufen.

Das äußere Bild einer solchen Anlage wird also stark bestimmt durch die freie Sicht von allen Seiten (Bild 6). An und für sich wäre es nicht nötig, die Winkel des Aquariengestells aufwendig zu verkleiden, es würde durchaus ein passender Anstrich genügen. Aber wir brauchen oben eine Verkleidung für den Filter- und Beleuchtungsteil, und die kann ja nicht gut frei in der Luft hängen. Es ist wahrscheinlich das Zweckmäßigste, eine Winkelverblendung mit der Blende für den technischen Kram zu kombinieren. Die Lösung für eine klare, moderne Verblendung, die außerdem noch den Vorteil der Doppelscheiben-Wirkung gegen zu starke Wärmeabstrahlung bietet, sieht folgendermaßen aus: Auf die Winkel wird ein sauberer, haltbarer, farblich neutraler Kunstharzlackanstrich aufgebracht. Darüber, über die ganze Breite, also von Kante zu Kante und mit der nächsten Seite sauber abschließend, werden entsprechend dicke Kunstglasscheiben rundherum auf den Rahmen aufgeklebt (Bild 4). Diese Arbeit muß in einem kühlen, trockenen Raum vorgenommen werden. Nach oben steht diese zweite Aquarienwandung

Bild 6. *Frei im Raum stehendes Aquarium*

entsprechend der Höhe der unterzubringenden, technischen Anlage über und wird nach innen mit aufgeklebten Plexiglasstreifen stabilisiert. Diese Streifen dienen auch als Auflage für die Deckscheibe. Den überstehenden Rand über dem Aquarium kann man entweder mit farbigem Kunstglas oder farblich passenden PVC-Platten oder einfach mit einer Lackierung versehen. Die Beleuchtung strahlt dann nicht ab und die technische Anlage wird nicht sichtbar. Selbstverständlich läßt sich, wenn die ganze Anlage nicht zu groß ist, die äußere Plexiglasverkleidung als gesonderte Einheit für sich und überstülpbar anfertigen. Das hat den Vorteil, daß man verschmutzte Innenscheiben leichter reinigen kann.

Alles zusammen sitzt auf einem Fundament, dessen Stabilität natürlich dem Beckengewicht Rechnung tragen muß. So ein Sockel kann aus einer stabilen Holzkonstruktion bestehen oder aus verschweißten Metallwinkeln oder Vierkantrohren angefertigt werden. Idealer ist es natürlich, diesen Sockel, wo es die örtlichen Gegebenheiten erlauben, aus Ziegelmauerwerk aufzuführen oder ganz aus Zement herzustellen. Bei einem Aufbau, der das Oberteil deutlich vom Fundament abhebt, sollte das Fundament auch den Eindruck von Festigkeit und Stabilität erwecken. Das Tragende soll stabiler sein als das Getragene. Läßt man das unberücksichtigt, kann die ganze Anlage wacklig und unschön wirken. Den Abschluß nach oben und gleichzeitig die Auflagefläche für das Aquarium bildet eine kräftige Platte aus Holz, Stein, Kunststein oder Eternit. Eine Holzplatte sollte auf alle Fälle oben und an den Kanten mit wasserabweisendem Material (Resopal oder ähnlichem) beschichtet werden, denn wo geaquarianert wird, da fallen Wassertropfen. Nach Möglichkeit sollte diese Platte rundherum oder wenigstens an den Längsseiten eine Handbreit vorspringen, um auch als Ablagemöglichkeit zu dienen. Der kluge Mann wird den Sockel in irgendeiner Weise als Kammer ausgestalten, denn in der Aquaristik gibt es immer etwas unterzubringen. Die Kescher und die übrigen Werkzeuge, die Schalttafel für die elektrische Anlage, die Vorschaltgeräte von Leuchtstoffröhren, Behälter mit Futtertieren, Fischmedizin und Chemikalien können hier Platz finden. Es versteht sich von selbst, daß diese Kammer verschlossen werden muß, wenn sich das Aquarium in einem der Öffentlichkeit zugänglichen Raum befindet.

Auch als Trennwand

Die eben beschriebene Aquarienanlage ergibt, wenn wir sie mit einer Schmalseite an eine Wand stellen und wenn sie groß genug ist, eine Raumtrennungsmöglichkeit. Der Mensch versucht nur allzugern, das Angenehme mit dem Nützlichen zu verbinden. Raumtrennende innenarchitektonische Elemente waren immer und sind heute mehr denn je beliebt. Sie werden von uns, nebst ihrer eigentlichen Aufgabe als Trennwand, schamlos als Bücherborde, Pflanzenregale oder als moderner Ersatz für die Nippesvitrine ausgenützt. Warum dann nicht auch als Aquarium?

In Restaurants kann man damit Nischen bilden. Große, längliche Räume lassen sich damit angenehm gliedern, wobei ein Teil des Raumes gegen direkte Sicht abgeschirmt werden kann.

Da wir hier — im Gegensatz zum freistehenden Aquarium — an einer Seite eine Wand haben, können wir ein bißchen variieren, müssen aber auch einige technische Dinge anders lösen. Zum Beispiel sollten wir zwischen Wand und Aquarium einen entsprechenden Abstand lassen und hinter einer Verblendung eine geräumige Außenfilteranlage unsichtbar und leicht zugänglich unterbringen (Bild 7). Bei der Innengestaltung dieses Aquariums müssen wir nicht mehr, wie vorher, auf Mitte ausgerichtet dekorieren. Wir können hier die der Wand zugewandte Seite völlig verdecken, was uns zum Beispiel bei der Nachbildung einer Uferzone sehr zustatten kommt.

BILD 7. *Aquarium als Trennwand*

BILD 8. *Aquarien über Eck*

Im Eck über Eck

Sehr reizvoll ist es, zwei Aquarien „in einem Eck übereck" unterzubringen. Bei einem wirklichen Aquarianer zieht das erste Aquarium sowieso meistens ein zweites nach sich. Warum nicht von vornherein zwei Becken einplanen und sie in ihrer Größe und Anordnung aufeinander abstimmen?

Es geschieht immer wieder, daß man sich für Tiere eines Lebensraumes interessiert, die sich aber nicht gemeinsam in einem Aquarium halten lassen. Sei es, weil sie sich nicht vertragen, weil es Fütterungsschwierigkeiten gibt oder aus anderen Gründen. In so einem Fall kann man zwei dicht aneinanderstehende, zum Beispiel über Eck aneinanderstehende Becken in der Inneneinrichtung so einheitlich dekorieren, daß der Eindruck eines durchgehenden Aquariums entsteht. Natürlich kann man auch zwei völlig entgegengesetzte Einrichtungstypen auf diese Weise nebeneinanderstellen.

Zwei übereck stehende Aquarien sehen immer gut aus und haben, wie wir noch sehen werden, eine Menge technischer Vorteile. Nehmen wir einmal folgendes Beispiel: Sie interessieren sich sehr für Großcichliden oder sonstige große, stark wühlende Fische, in deren Aquarium es unmöglich ist, einen sinnvollen Pflanzenwuchs zu erreichen, da die Tiere alles umgraben und umdekorieren. Pflanzen sind aber im Süßwasseraquarium biologisch sehr wichtig. Die Lösung des Problems: Das zweite Aquarium wird gut bepflanzt mit kleineren, ruhigen Fischen besetzt, entsprechend beleuchtet, und sein Filterkreislauf wird mit dem ersten Becken verbunden. Für diese Anlage müssen die Aquarien in Höhe und Tiefe die gleichen Ausmaße haben, die Länge kann durchaus unterschiedlich sein (Bild 8). Im Eck zwischen den beiden Becken bleibt naturgemäß ein freier Raum, entsprechend der Tiefe und der Höhe der Becken, der uns zur Unterbringung unserer Filteranlage sehr willkommen ist.

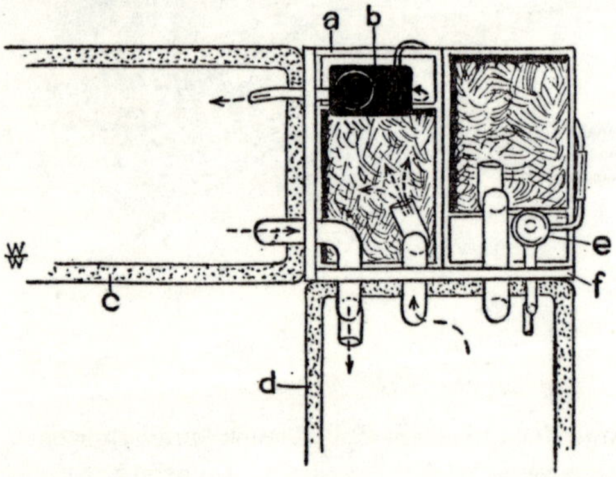

BILD 9. *Filteranlage für zwei übereck stehende Becken. (Draufsicht; die Pfeile zeigen den Kreislauf des Wassers durch das Filter und beide Becken.) a = Filterkasten, b = Tauchkreiselpumpe „Turbelle" in der Klarwasserkammer des Filters, c und d = die beiden Aquarien, e = mit Membranpumpe betriebener zweiter Filter für getrennte Filterung, f = Holzkasten mit Durchbohrungen für die Rohre*

Auch wenn die Anlage über einen gemeinsamen Filter läuft, sollte man für jedes Becken einen eigenen Filter vorsehen. Sie haben beide reichlich Platz in diesem Raum. Wir machen das ungefähr so (Bild 9): Ein Holzkasten, der genau in den Raum zwischen die beiden Becken paßt, steht nach oben an den an die Becken anschließenden Seiten um so viel höher, wie die Verblendung der Beleuchtungsanlage hoch ist (sehr hoch bei Schwimmpflanzen an der Oberfläche). Diese beiden überstehenden Wände müssen natürlich an ihren den Becken zugewandten Seiten gut gegen Feuchtigkeit geschützt

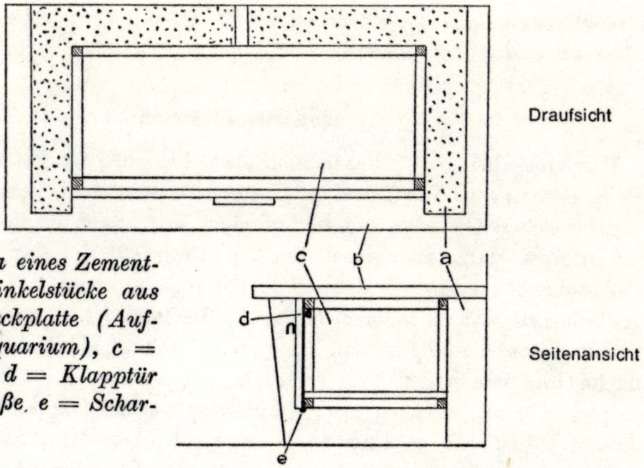

BILD 10. *Schema eines Zementsockels. a = Winkelstücke aus Zement, b = Deckplatte (Auflage für das Aquarium), c = Einbaukästchen, d = Klapptür mit Magnetschließe. e = Scharnierband*

werden. Durch diese Wände laufen nun an den entsprechenden Stellen die nötigen Bohrungen, durch die Zu- und Ablaufrohre usw. geführt und sicher fixiert werden können. Außerdem läßt sich an den Stirnseiten dieser beiden Wände die Verblendung der Beleuchtungsanlage starr befestigen, so daß man oben einen aufklappbaren Deckel anbringen kann. Die Beleuchtungskörper lassen sich wahlweise innen ringsherum an der Verblendung oder an der Unterseite des Deckels oder an beiden Stellen anbringen. Damit der Aufbau stabil wird, werden wir ca. ein Viertel bis ein Drittel des Deckels hinten fest mit der Blendenumrahmung verbunden belassen und nur den vorderen Teil aufklappbar machen (Kunststoffscharniere). Über der Filteranlage wird ebenfalls eine lose Abdeckung angebracht, so daß wir oben eine durchgehend geschlossene Fläche haben.

Für den Sockel wollen wir es einmal mit Zement versuchen. Aus Zement gegossene Winkelstücke ergeben ein stabiles Fundament, das, mit einer Platte abgedeckt, die Becken trägt und nach vorn offen ist (Bild 10). In den freien Raum unter den Platten werden zwei Fächer eingepaßt, die vorn nach unten aufklappbare Türen mit Magnetschließen erhalten. Die beiden Fächer reichen nicht ganz bis zum Boden, was einerseits das Herz jeder Raumkosmetikerin erfreut, weil sie darunter Staub wischen kann, und was andererseits gut aussieht. Die Zementsockel kann man zum Beispiel mit Dyckerhoff-Zement und breitem Spachtel grob und unregelmäßig überspachteln, mit Steinriemchen verkleiden oder dergleichen Scherze mehr. Der große Vorteil dieser Sockelanlage: Man kann sie im Bedarfsfall ohne große Schwierigkeiten abbauen und transportieren.

Aquarien hoch zwei

Wer vieles bringt, wird manchem etwas bringen; das hat auch in unserem Falle Bedeutung. Nämlich dann, wenn wir versuchen, junge Menschen aus erzieherischen Gründen mit biologischen Vorgängen zu konfrontieren, um ihr Interesse daran zu wecken. Ein Aquarium läßt sich durchaus noch etwas aufstocken; wir können dann z.B. ein sogenanntes Aqua-Terrarium oder -Paludarium daraus machen (Bild 11). Parterre ist Wasserteil mit Bodengrund-Pflanzen und Fischen. Im ersten Stock ist ein über die Wasseroberfläche hinausragender Ufer-Landteil aus Steinen mit Pflanzmulden für tropische Sumpfpflanzen usw. Amphibien werden hier an Land gehen. Zu diesem Stockwerk gehören auch noch die über die Wasserfläche hinaus weiterwachsenden Wasserpflanzen. Im zweiten Stock ist ein noch etwas höher liegender Landteil, bepflanzt mit tropischen Bodenpflanzen, vielleicht einigen erdbewohnenden Orchideen und Bromeliaceen. Im dritten Stock schließlich

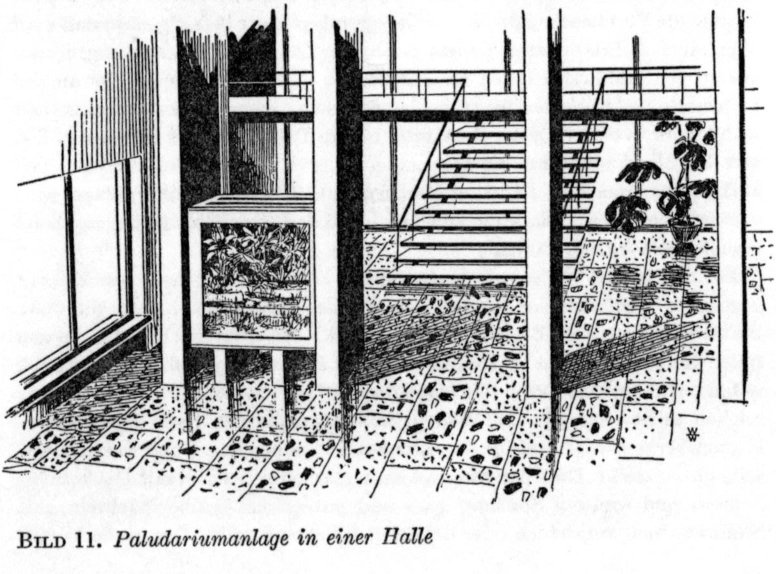

Bild 11. *Paludariumanlage in einer Halle*

haben wir einen Baumteil, je nach Platz sind hier ein bis zwei Äste mit epiphytischen Pflanzen untergebracht.

Solch ein Aqua-Terrarium ermöglicht eine Fülle von Beobachtungen biologischer Vorgänge, auch solcher, die sich aus den Wechselbeziehungen Wasser-Land, Fauna-Flora ergeben. Ich glaube, daß eine derartige Anlage ganz besonders für Schulen geeignet ist.

Die technischen Probleme, die dabei auftreten und gelöst werden müssen, sind natürlich größer als bei einem reinen Aquarium.

Ungetrübteste Beobachtungsmöglichkeit bietet eine Anlage, die auf der Beschauerseite eine durchgehende, durch nichts unterbrochene Glasscheibe hat. Sie muß im Luftteil frei von Schwitzwasser gehalten werden können. Für gleichmäßige, temperierte Frischluftzufuhr muß gesorgt werden. Die Beleuchtungseinrichtung muß von den Baumpflanzen bis hinunter zu den Bodenpflanzen des Wasserteils eine ausreichende, den Beschauer möglichst wenig störende Ausleuchtung gewährleisten. Sie muß sorgfältig vor Feuchtigkeit geschützt werden und außerdem von einer Seite her ohne Schwierigkeiten bedient werden können.

Ich halte es für das beste, bei einem Aqua-Terrarium das gleiche Prinzip anzuwenden wie bei dem bereits beschriebenen PVC-Aquarium. Aus genügend starkem Sperrholz werden Boden, Rückwand und Seitenteile folgendermaßen angefertigt: Der Boden ist eine ebene Platte, die Rückwand ist ebenfalls eine ebene Platte und wird ca. 20 cm höher als der geplante Wasserspiegel des Aquarienteils gezogen. Die Seitenteile nehmen die gesamte Höhe, einschließlich des Terrarienteils, ein. Sie erhalten etwa da, wo die Rückwand des Aquariumteils endet, Aussparungen, so breit und so hoch, daß zwei bis drei übereinanderliegende Leuchtstoffröhren mit Reflektor schräg nach unten hindurchstrahlen können. Oben verläuft vorn und hinten je eine Querverstrebung, die beide Seitenteile verbindet und das Mittelfeld freiläßt. Das Ganze wird jetzt innen mit grauem PVC ausgekleidet und in den Ecken wasserdicht verschweißt. An der Vorderseite läuft innen wieder der bereits beschriebene Doppelsteg aus kräftigen PVC-Leisten. An der Oberkante muß die Möglichkeit gegeben sein, die Glasscheibe zwischen die beiden Leisten nach unten einzuführen. Ein Plastikschlauch dient wiederum zum Abdichten der Scheibe. Die Rückwand oberhalb der Wasserteilrückwand wird ebenfalls aus PVC-verkleidetem Sperrholz, wahlweise als Schiebe- oder Klapptür, angefertigt. Eine Klapptür hat den Vorteil, daß man innen an diese Tür ruhig einige Pflanzen oder Äste dekorieren kann. An dieser Anlage werden seitlich und oben Verblendungen angebracht, die dazu dienen, Leuchtstoffröhren zu verkleiden. In den Aussparungen der Seitenwände werden selbstverständlich Glasscheiben so eingesetzt, daß die Leuchtstoffröhren gegen Feuchtigkeit weitgehend geschützt sind. Da die Oberseite ohne Abdeckung bleibt, sind die Röhren hier nur mit Feuchtraumfassungen geschützt.

Die Scheiben der Paludarien haben leider die unangenehme Gewohnheit, innen zu beschlagen, wenn die Außentemperatur geringer ist als die Innentemperatur des feuchtigkeitsgesättigten Überwasserraumes. Um das weitestgehend auszuschalten, wurde folgende Lösung gefunden. Vor der Frontscheibe wird — durch eine Kehlleiste festgehalten — eine zweite, relativ dünne, durchgehende Scheibe angebracht. Zwischen Innen- und Außenscheibe bleibt ein Abstand von ca. 1—2 cm. Dazwischen wird unten über die ganze Breite ein Rohr gelegt. Es ist an einem Ende verschlossen und hat an der Oberseite mehrere Löcher, die in ihrem Gesamtquerschnitt etwa dem Querschnitt des Rohres entsprechen. Einige oder alle Vorschaltgeräte der Anlage bringt man in einem Kasten unter, der so luftdicht wie möglich gemacht wird. Eine Zuleitung von der Membranpumpe führt Luft in diesen Kasten. Sie wird von den Vorschaltgeräten stark erwärmt und über eine möglichst kurze Ableitung (damit kein Wärmeverlust auftritt) in das Rohr zwischen den Scheiben geführt. Hier tritt sie durch die Löcher aus und erwärmt, hochsteigend, die Scheiben. Daß die Vorschaltgeräte dabei gekühlt werden, ist ein zusätzlicher Vorteil. Man muß nur darauf achten, daß gleichzeitig mit der Beleuchtung immer die Membranpumpe eingeschaltet wird, sonst leiden die Vorschaltgeräte in dem Kästchen Schaden.

Über den Doppelscheiben müssen selbstverständlich Luftabzuglöcher sein, damit die Warmluft gleichmäßig nachströmen kann. Die ständig notwendige Zufuhr von Frischluft im Terrarienteil besorgt der Durchlüfter des Aquariumteils. Manche tropischen Pflanzen und Terrarientiere sind sehr empfindlich gegen zu starke Schwankungen der Luftfeuchtigkeit. Mit einer Ventilationsanlage, die durch einen Hygrostaten gesteuert wird, kann man sich vor größeren Schwankungen schützen.

Das Verhältnis von Wasser- zu Luftteil werden wir etwa 1 : 3 bis 1 : 4 (zum Beispiel 50 cm Wasserhöhe bei 2 m Gesamthöhe) wählen.

Der Bau des Uferteils, also des eigentlichen Paludariums, läßt sich ohne größere Schwierigkeiten ausführen: Aus sorgfältig ausgesuchten Steinen wird ein Aufbau gemacht, und zwar, der Einfachheit halber, gleich in dem noch leeren Aquariumteil der Anlage, bevor die Frontscheibe befestigt wird (Bild 12). Zuerst wird der Steinaufbau mit UHU-plus fixiert. Wir lassen den Unterwasserteil allmählich in den Landteil übergehen, wobei wir schon im Unterwasserbereich, dann direkt im Bereich der Wasseroberfläche (langsam nach oben ansteigend) und nochmal etwas höher, außerhalb des Wassers

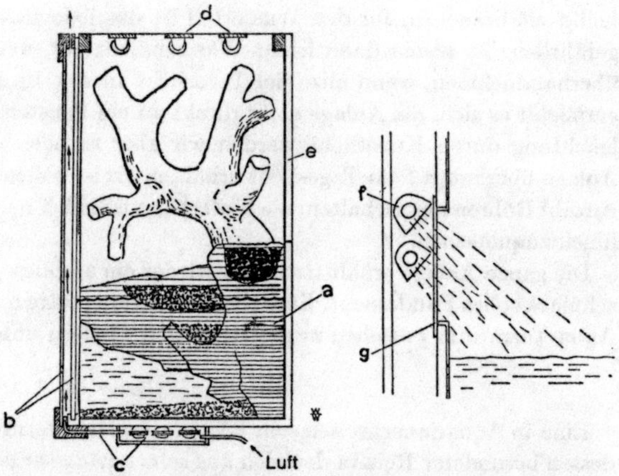

BILD 12. *Schema einer Paludariumanlage (Seitenansicht). a = Landteildekoration, b = innere und äußere Scheibe mit Warmluftstrom, c = Warmluftanlage mit Vorschaltgeräten, d = Beleuchtung, e = Rückwand (aufklappbarer Teil), f = seitliche Reflektoren, g = Glasscheibe vor den Reflektoren*

geräumige Pflanzmulden aussparen. Alle Zwischenräume, die jetzt noch offen sind und durch die uns der Pflanzstoff ausgeschwemmt würde, werden mit einer Mischung aus Polyesterharz und Gesteinsmehl oder feinem Sand natürlich gefärbt und eingedickt, verspachtelt. Größere Zwischenräume füllen wir vorher noch mit Steinchen aus. Diese Arbeit soll sehr rasch vonstatten gehen, da Polyesterharze schnell aushärten. Wir werden am besten immer nur einen Teil der benötigten Gesamtmenge anrühren und verarbeiten. An geeigneter Stelle des Landteils wird ein Loch zur späteren Befestigung eines Epiphytenastes ausgespart. Der restliche Unterwasserteil entspricht einem normalen Aquarium. Die Auswahl und Placierung der verschiedenen Pflanzen und Sumpfpflanzen für die Pflanzschalen bleibt dem jeweiligen Geschmack überlassen. Hier wird man immer erst Erfahrungen mit den einzelnen Pflanzenarten bezüglich Lichtansprüchen und sonstigen Bedürfnissen selber machen müssen. Den Wasserteil besiedeln wir zum Beispiel mit Schützenfischen, Spritzsalmlern und ähnlichem. Molche, Schmuckschildkröten, Wasser- und Baumfrösche usw. ergänzen die Fauna.

Diese Anlage sollte genügend Leuchtstoffröhren haben, damit man ein bißchen mit dem Licht experimentieren kann. Tageslicht ist hier leider etwas problematisch. Speziell für die Landpflanzen könnten wir die ganze Tageshelligkeit brauchen, für den Wasserteil ist das jedoch, wie wir wissen, sehr gefährlich. Es treten dann leicht Wasserblüten auf, weil die Schwebealgen überhandnehmen, wenn allzuviel Tageslicht in das Becken gelangt. Daher empfiehlt es sich, die Anlage nicht direkt an ein Fenster zu stellen. Die Ausleuchtung durch Kunstlicht werden wir aber so berechnen, als würde die Anlage überhaupt kein Tageslicht erhalten. Es ist wesentlich einfacher, eine Anzahl Röhren abzuschalten, als hinterher zusätzlich noch irgendwo Röhren hineinzuquetschen.

Die ganze Anlage erhält natürlich wieder ein stabiles, praktisches und geschmackvolles Fundament. Eine elegante Lösung wäre es zum Beispiel, unser Aqua-Terrarium zwischen zwei viereckigen Pfeilern unterzubringen.

Das Langbecken

Eine in Aquarianerkreisen sehr beliebte Aquarienform ist das Langbecken, dessen besonderer Reiz in den sich aus seiner Länge ergebenden dekorativen Möglichkeiten liegt. Wir sprachen ja schon einmal darüber, daß „ein Aquarium kein Aquarium" ist, und da ein Langbecken sowieso gewissermaßen ein aquaristischer Superlativ ist, können wir ruhig einen oder sogar zwei Schritte weitergehen und ein Doppellangbecken oder sogar ein Dreiergespann daraus machen. Ich fände es beispielsweise sehr reizvoll, die Schmalseite eines Raumes, anstatt sie mit irgendwelchem Verlegenheitsmobiliar auszustaffieren, mit drei solchen gleich hohen, gleich tiefen und gleich langen Langbecken, die von Wand zu Wand reichen, zu verschönern. Stellen Sie sich bitte eine flaschengrüne Wand vor, die durch diese Aquarienreihe in angenehmer Sitz-Betrachterhöhe, weißlackiert, quergeteilt wird.

Als Beleuchtung verwenden wir hier die herkömmlichen Rinnenleuchten. Wenn wir sie mit gehämmertem Kupferblech verblenden, lassen sie sich harmonisch in diese Aquarienwand einfügen. Über jedes Becken wird eine Leuchte mittels zweier Zugschnüre, in der Höhe verstellbar, aufgehängt. Die Zugschnüre haben den Vorteil, daß man die Rinnenleuchten beim Hantieren im Aquarium nach oben verschieben kann. Wenn für die Becken viel Licht gebraucht wird, verwenden wir Rinnen, in denen zwei Leuchtstoffröhren montiert sind.

Wenn der Platz über dem Becken jedoch völlig frei bleiben soll, lassen sich hier Unterwasserleuchten sinnvoll einsetzen. Sie können leicht hinter dem Beckenrahmen sichtgeschützt untergebracht werden, ohne einen Aufbau über den Beckenrahmen erforderlich zu machen.

Mit fest im Mauerwerk der Wand verankerten Konsolen und einem daraufliegenden durchgehenden Grundbrett kann man die ganze Anlage freitragend unterbringen. Andererseits kann man natürlich auch mittels stabiler Regale, die teils offen, teils geschlossene Kästchen sind, ein Fundament schaffen. Das hat zwar den Vorteil sehr praktisch zu sein, weil man darin Geräte, Bücher und anderen Krimskrams gut unterbringen kann, es sieht aber nicht so gut aus wie die freie, durchlaufende Aquarienreihe.

Da wir weder seitlich noch hinten Platz für einen Außenfilter haben, bleibt uns hier nur die Möglichkeit einer Innenfilteranlage (siehe Hückstedt, Aquarientechnik), sei es nun ein Topffilter oder, wenn wir eine Kreiselpumpe einsetzen, auch der Kombifilter der Fa. Tunze, der eigentlich seinem Prinzip nach ein in das Aquarium verlegter Außenfilter ist.

Mich reizt eine solche Anlage dazu, die Inneneinrichtung zusammenhängend zu dekorieren (Bild 13). Sehr hübsch läßt sich zum Beispiel ein Querschnitt

Bild 13. *Von Wand zu Wand: drei Langbecken*

durch einen Flußlauf darstellen. Von links fällt eine Uferböschung mit Wurzelwerk und Steinen allmählich zur Mitte (mittleres Becken) ab, hat im rechten Drittel eine leichte Bodenwelle, wie sie durch fließendes Wasser manchmal angeschwemmt wird, und an dieser Stelle zwei, drei größere Steine, in deren strömungstotem Winkel eine Pflanzengruppe Halt gefunden hat; dann steigt es wieder zum Ufer an. Fische des gleichen Lebensraumes werden nun in den einzelnen Becken so verteilt, daß versteck- und pflanzenliebende Arten vorwiegend die Uferzonen besiedeln, während freischwimmende Arten vorwiegend ins mittlere Becken gehören, ebenso Bodenfische, die unter den größeren, flachen Steinen der Flußbettmitte am ungestörtesten hausen können.

Der modernisierte Aquarienschrank

Man hat es durchaus schon erlebt, daß bislang harmlose Aquarianer plötzlich in sich den Drang zur Wissenschaft entdeckt haben. Das ist auch ganz verständlich. Wenn wir ehrlich sind, müssen wir zugeben, daß unser aquaristisches Interesse zum Großteil pure Neugierde ist. Wir wollen dieses oder jenes Tier in seinen Lebensgewohnheiten kennenlernen, es beim Fressen, beim Kämpfen und beim Liebesspiel beobachten. Wenn ein Aquarianer also plötzlich Lust verspürt, seine Beobachtungen über den Rahmen des Alltäglichen hinausgehen zu lassen, wenn er sich in Gebiete begibt, wo noch keine oder nur spärliche Erfahrungen vorhanden sind, dann ist er zwar noch lange kein Wissenschaftler, aber auch bei seiner Amateurarbeit wird er sich einer gewissen Systematik befleißigen müssen.

Er braucht als Standardausrüstung eine Anzahl gleicher Becken, in denen er vergleichende Beobachtungen anstellen kann. In den seltensten Fällen steht für eine derartige Anlage unbegrenzt Platz zur Verfügung. Oft muß sich die ganze Arbeit in einem Raum abwickeln lassen. Das erleichtert allerdings auch vergleichende Beobachtungen.

Eine so umfangreiche Anlage würde einen Wohnraum sehr stark beherrschen, ja, sogar störend und bedrückend wirken. Das hat mich auf die Idee gebracht, ein bereits in der Versenkung verschwundenes Aquarienmöbel wieder hervorzuholen, zu modernisieren und zur Diskussion zu stellen. Ich meine damit den Aquarienschrank „seligen Angedenkens".

Wir opfern für unsere Zwecke die Schmalwand eines Raumes und verfahren etwa so wie beim Bau von Einbauschränken. Unsere Absicht ist, neun gleichgroße Aquarien zu je drei nebeneinander in drei Etagen unterzubringen. Aquarien für Versuchszwecke sind keine Riesenbecken. Ein vernünftiges Maß von ca. 80 bis 100 Liter Inhalt dürfte das normale sein. Wir legen also eine Beckengröße von etwa 60 cm Länge, 40 cm Tiefe und 35 cm Höhe einheitlich für alle neun Becken fest und werden mit etwa 1200 bis 1300 kg Gewicht für die gesamte Anlage rechnen müssen. Es muß auf jeden Fall zuerst Klarheit herrschen, ob man das der Örtlichkeit zumuten kann.

Wie schon angegedeutet, soll unsere Anlage den Charakter einer Schrankwand haben. Den Aquarien sieht man ihr Gewicht meist nicht an, trotzdem müssen wir uns eine stabile Anlage bauen, aber so, daß sie nicht plump wirkt. Sie soll sich möglichst in den Stil der heutigen Schrankmöbel einfügen (Bild 14). Der größten Belastung ist die waagrechte Stütze unter einem

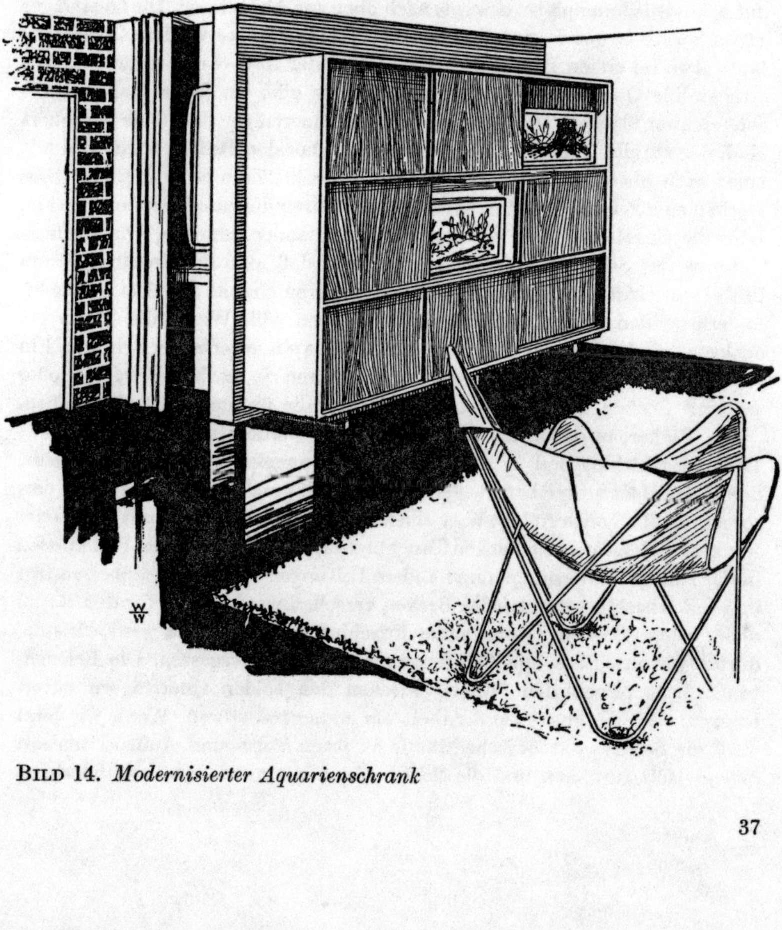

BILD 14. *Modernisierter Aquarienschrank*

Aquarium ausgesetzt. Wir nehmen hier Hochkant-Querträger aus Holz. Es ist bekannt, daß eine solide, senkrecht stehende Holzwand auch bei geringer Dicke hohe Belastungen aushält, vorausgesetzt, daß sie unbeweglich senkrecht stehend fixiert ist.

Wir nehmen also für die Seitenwände und die beiden senkrechten Zwischenwände gute Tischlerplatten. Durch die beiden Zwischenwände hindurch laufen in den entsprechenden Höhen je zwei Querträger von Seitenwand zu Seitenwand der Anlage. Sie werden sehr fest mit den Seitenwänden verbunden. Die Höhe des Schrankes ergibt sich aus der Höhe der ersten Querträger, der Dicke der normalen Sperrholzplatte, der Höhe des daraufstehenden Aquariums und dem darüberliegenden freien Raum von ca. 30 cm bis zur nächsten Bodenplatte usw. bis nach oben zur Abdeckung. Die Querträger ragen jeweils in den Raum über den Becken hinein. Der vordere Querträger läuft etwa im ersten Drittel der Tiefe. Unter der Abdeckung sollte ebenfalls eine stabile Querverbindung sein. Rückwärts gibt ein fester Rahmen mit senkrechten Streben, an denen die hinteren Querträger nochmals verankert sind, das stabile Rückgrat. Der freie Raum über den Becken wird vorn mit einer nach oben aufklappbaren Blende verdeckt. Zum Schluß erhält jedes Becken eine Schiebetür. Man kann mit den Türen die ganze Breite abdecken oder die einzelnen Türen wahlweise hintereinander schieben. Die Laufeinrichtung der Schiebetüren wird so gestaltet, daß man die einzelnen Türen mit einem Griff herausnehmen kann, wenn man einmal alle drei nebeneinanderliegenden Becken gleichzeitig betrachten will. Wenn alle Türen geschlossen sind, wirkt das Ganze tatsächlich wie ein unterteilter Schrank. Ein großer Vorteil dieser Schiebetüren: Man kann je nach Bedarf ein oder mehrere Becken ungestört beobachten, weil die übrigen verdeckt bleiben.

Die Fächer, in denen die Aquarien stehen, werden innen am besten mit PVC ausgekleidet und in den Ecken und Innenkanten gut verschweißt, damit das Holz ausreichend gegen Feuchtigkeit geschützt ist. Entweder versorgen wir die ganze Anlage über einen zentralen Kompressor mit Luft, oder wir verwenden für jedes Becken Tauchkreiselpumpen. Auf jeden Fall müssen in der Anlage Luftleitungen und andere Leitungen einheitlich sauber verlegt und mit Anschlüssen für jedes Becken versehen werden. Um für den Raum über jedem Becken ausreichende Frischlufterneuerung zu gewährleisten, dürfen wir entsprechende Belüftungsschlitze nicht vergessen. Die Beleuchtungskörper lassen sich jeweils zwischen den beiden Querträgern unterbringen, weil sie hier unsere Arbeit am wenigsten stören. Wenn wir jetzt noch die Seiten- und Zwischenwände an ihren Stirn- und Außenseiten mit hellem Holz furnieren und die Schiebetüren mit einem schönen dunkleren oder einem zur übrigen Einrichtung passenden Furnier verkleiden, haben wir uns eine Anlage geschaffen, die in jedem Wohnraum untergebracht werden kann, ohne zu stören.

Klein, aber fein

Ganz bewußt habe ich die Vorschläge für das kleine Einzelaquarium an den Schluß dieses Kapitels gesetzt, obwohl dieser Aquarientyp eigentlich seinem Wesen nach an den Anfang gehört hätte. Ich glaube aber, daß dieses weitverbreitete und beliebte Aquarium am besten geeignet ist, die bunte Reihe zu beschließen.

Dieses Aquarium betreut der Sohn, um sein frisch erwachtes Interesse an der Tierpflege zu befriedigen, der Vater, weil ihm sein Beruf keine Zeit für die Verwirklichung größerer Pläne übrigläßt, und der Opa, der seine Kinderträume wieder aufgenommen hat, um in seine einsamen Stunden etwas Abwechslung zu bringen.

BILD 15. *Kleines Aquarium im Bücherbord*

Es ist kein sehr großes Aquarium. Meist bekommt es einen Sonderplatz im guten Zimmer und ist ein Gegenstück zum Vogelbauer und zum Blumenfenster.

Dieses Aquarium ziert alles, was an Möbelstücken als Untersatz dafür geeignet ist. Manchmal bekommt es auch ein eigenes Untergestell. Meist wird hier in dem Bestreben, dieses Aquarium besonders ins rechte Licht zu setzen, ein wenig zuviel getan; dabei wirkt es oft bei nüchterner Betrachtung als Fremdkörper im Raum. Dabei ist es gar nicht so schwer, dieses Aquarium mit relativ geringen Mitteln in unser Heim einzuordnen. Die folgenden Beispiele lassen sich mit etwas Phantasie beliebig variieren und sollen eigentlich nur ein bißchen Anstoß geben.

Es gibt käufliche Bücherborde, U-förmig im Querschnitt und beliebig lang aneinanderfügbar, auch über Eck. Wenn wir unser Aquarium nun organisch in so ein Bücherbord einfügen wollen, gehen wir am besten folgendermaßen vor (Bild 15): Unser Aquarium muß genau so hoch und tief sein wie das U-förmige Bücherbord. Ein Winkelstück aus Blech, fast so lang wie das Aquarium und so stabil, daß es das Becken gut trägt, wird fest an der Wand verschraubt und verdübelt. Auf dieses Winkelstück stellen wir unser Aquarium. Rechts und links schließen die Teilstücke des Bücherbordes an. Allerdings sollte das Aquarium nie genau in der Mitte placiert werden.

Natürlich wird der Rahmen des Aquariums im gleichen Farbton lackiert wie das Bücherbord.

Es ist zweckmäßig, die beiden Stirnseiten des Beckens abzudecken, damit seitlich kein Licht heraustritt. Am besten arbeiten wir hier mit Unterwasserleuchten, wie wir sie in jedem Fachgeschäft bekommen, und versuchen, mit einer undurchsichtigen, im Farbton zur übrigen Lackierung passenden Abdeckung oben eine durchgehende Fläche zu bekommen. Wir verwenden entweder die Tauchkreiselpumpe „Turbelle“, die sich in ihrer geschlossenen Form hier gut einfügt, oder eine Membranpumpe, die wir neben dem Becken in das Bücherbord stellen und hinter einigen Bücherrücken (Attrappen) verstecken.

Wenn wir soeben unser Aquarium einem Bücherbord eingefügt haben, so wollen wir jetzt eine Lösung finden, bei der wir dem Aquarium ein paar Bücherbretter beifügen (Bild 16).

Die tragenden Seitenteile bestehen hier aus zwei hochgezogenen und sich vereinigenden Beinen, die mit ihrem Quersteg wie ein langgezogenes A wirken. Unten laufen einige Querträger von Seitenteil zu Seitenteil, darüber ist in einer schränkchen-ähnlichen Holzverkleidung das Aquarium untergebracht. Der obere Deckel oder ein Teil desselben ist aufklappbar.

BILD 16. *Aquarium und Büchergestell kombiniert*

Man könnte natürlich auch ein Aquarium ohne Außenverkleidung auf die Querträger stellen. Da aber die ganze Anlage eine gewisse Zierlichkeit hat, brauchen wir die — mit dem seitlichen Fußgestell verbundene — Verkleidung zur Stabilisierung. Darüber liegen zwei, drei Bücherbretter. Das Ganze läßt sich sehr nett als Raumteiler verwenden, aber auch einfach an die Wand stellen. Die Aquarienverkleidung werden wir etwa 8 bis 10 cm tiefer halten, hinten eine Rückwandplatte anbringen und zwischen ihr und der Beckenrückwand die Technik verstecken.

Gern wird auch die Fensterbank für das Aquarium freigemacht in der Annahme, ihm damit etwas besonders Gutes zu tun. In Wirklichkeit tut man aber weder dem Aquarium noch dem Beschauer dabei etwas Gutes. Aquarien, die allzusehr der direkten Sonneneinstrahlung ausgesetzt sind, haben häufig unter einer Schmieralgenplage zu leiden, und wenn erst eine Wasserblüte auftritt, sieht man sowieso nichts mehr. Der Betrachter andererseits hat auch nicht viel Freude, wenn er seine Tiere und Pflanzen ständig im Gegenlicht sieht. Daher schlage ich vor, wenn schon Fensterbank, dann das Becken im rechten Winkel dazu in den Raum ragend, und ruhig die Breite der Fensterbank als Abstand zum Fenster lassen (Bild 17).

Wir bauen uns einen entsprechenden Sockel bzw. ein Gestell, worauf wir eine Platte aus dem gleichen Material wie die Fensterbank legen. So führen wir die Fensterbank ums Eck als Aquarienunterlage weiter. Das Becken steht dann am Fenster, ist organisch in die Architektur der Fensterbank eingegliedert, erscheint jetzt nicht mehr im Gegenlicht und hat eine günstige Beleuchtung. Trotzdem sollten Unterwasserleuchten oder eine aufgesetzte Leuchtrinne für die dunkle Jahreszeit eingeplant werden. Wir werden das Aquarium außen nicht verkleiden, sondern es als sauber lackiertes Gestellaquarium in die lockere und natürliche Atmosphäre einer Fensterbank mit Pflanzen einfügen.

Wir können aber auch mit sparsamsten Mitteln und etwas Geschick ein kleines Aquarium geschmackvoll unterbringen. Wir nehmen ein Asbestzement-Aquarium und als Fundament eine der hübschen, käuflichen Lattenbänke mit Metallrohr-Fußgestellen. Der Asbestzement läßt sich nötigenfalls farbig streichen, aber bitte mit Geschmack und Fingerspitzengefühl. Ein

Bild 17. *Aquarium an der Fensterbank*

BILD 18. *Das Asbestzementbecken als Teil einer kleinen Dekoration*

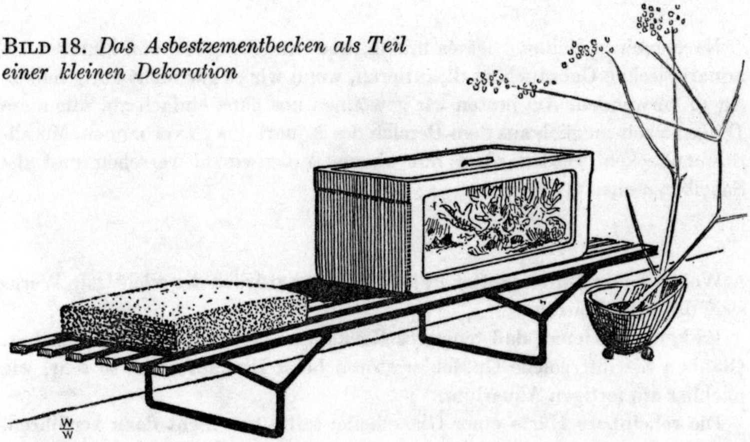

schalenartiges Gefäß mit einem hübschen Dekorationszweig und vielleicht noch ein Sitzkissen vervollständigen das Bild, das in seiner schlichten Harmonie fast schon an japanische Vorbilder erinnert (Bild 18).

Werkstoffe

Es gibt kaum ein anderes Hobby, das von einer so großen Zahl guter Werkstoffe abhängig ist, wie die Aquaristik. Ein richtiger Aquarianer sucht ständig nach neuen Werkstoffen, um deren Brauchbarkeit für seine Zwecke zu prüfen.

Die in der Aquaristik verwendeten Materialien müssen nicht nur gegen Oxydation oder Verfaulen immun sein oder gemacht werden, sie dürfen auch nicht das Wasser mit irgendwelchen löslichen Giftstoffen verunreinigen.

Eisen

Eisen rostet, und Rost hat im Aquarium nichts verloren, wenn auch manchmal behauptet wird, das bißchen Rost schade nichts. Auf jeden Fall schadet das Rosten dem Eisen und es empfiehlt sich daher, es gut gegen Feuchtigkeit zu isolieren. Die herkömmlichste Art ist ein Überzug mit einem guten Lack, wie zum Beispiel Chlorkautschuklack. Bewährt ist auch eine Schutzschicht aus Polyesterharz oder anderen Kunststofflacken. Selbstverständlich haben feueremaillierte Eisenrahmen eine längere Lebensdauer.

Nach meiner Meinung ist es müßig, über die Giftigkeit von Metallen im aquaristischen Gebrauch zu diskutieren, wenn wir es gar nicht nötig haben, sie zu verwenden. Am besten wir gewöhnen uns ganz einfach an, alle diese Dinge soweit möglich aus dem Bereich des Aquariums zu verbannen. Metallrahmenbecken werden oben mit einem Außenwinkel versehen und die Scheiben stehen etwas über.

Glas

Wegen seiner Durchsichtigkeit ist das Glas natürlich der wichtigste Werkstoff für das Aquarium.

Es kann passieren, daß teuerstes Kristallglas stellenweise Gußfehler hat. Glauben Sie mir, solche Gußfehler stören beim Einkauf nicht so sehr, wie nachher am fertigen Aquarium.

Die scheinbare Härte einer Glasscheibe sollte uns nicht dazu verführen, sie beim Putzen allzu rauh zu behandeln, da sie dies übelnimmt und Kratzer bekommt. Und das stört doch sehr beim Beobachten der Fische.

In jüngster Zeit machte man Versuche, Kristallglasscheiben mit Araldit-Klebstoffen oder Silikon-Massen zu Vollsichtaquarien zusammenzukleben. Die Ergebnisse sind durchaus zufriedenstellend, es bleibt nur abzuwarten, ob diese Klebestellen auch wirklich auf die Dauer haltbar sind. Dieses Problem hat man bei der Herstellung von Vollsichtaquarien aus Kunstglas nicht. Jedoch besteht hier die Gefahr, daß sich die Scheiben bei größeren Aquarien etwas nach außen wölben. Überhaupt wirft sich dünneres Kunstglas unter dem Einfluß von Feuchtigkeit und Wärme nur allzugern etwas. Wärme verträgt es ja nur in geringem Maße, Hitze auf keinen Fall, ohne sich zu verformen. Trotzdem wird das Kunstglas im Laufe der Zeit noch einen wesentlich breiteren Raum in der Aquaristik einnehmen, da es in der Aquarientechnik universell verwendbar ist.

Damit aber das Glas der Aquaristik festverbunden bleibt, gibt es

Kitte

Es ist für einen Kitt gar nicht so einfach, ein guter Aquarienkitt zu werden. Er muß eine ganze Menge können. Einerseits muß er die Scheiben am Rahmen festhalten, darf aber nicht starr sein, sondern muß auf den Wasserdruck elastisch reagieren. Zum anderen muß er verhindern, daß das Aquarienwasser aus dem Becken rinnt. Alle Aquarienkitte auf Leinölbasis trocknen mehr oder weniger aus, werden dadurch hart und krümelig, können daher Risse bekommen und undicht werden.

Seit einigen Jahren sind Plastikkitte auf dem Markt, die über eine ausgezeichnete Klebekraft verfügen. Bei ihnen kann von einer Austrocknung kaum noch die Rede sein, und ihre Elastizität ist hervorragend. Diese Kitte sind für unsere Zwecke bestens geeignet. Etwas teuer, aber fast als ideal zu bezeichnen, sind Einkittungen mit Silikon-Massen.

Das beste feueremaillierte Aquariengestell kann Schlagstellen bekommen und rosten, um wieviel leichter erst ein lackiertes Eisengestell. Nun ist Meerwasser bekanntlich wesentlich aggressiver gegenüber Metallen als Süßwasser, und gerade im Meerwasser werden häufig empfindliche niedere Tiere und oft sehr teure Fische gepflegt. Die Vorsicht rät uns deshalb, unser Meeresaquarium aus seewasserbeständigem Material zu machen.

Asbestzement

ist bei uns unter den Namen Eternit und Fulgurit bekannt. Die aus diesem Material gegossenen Aquarien sind für Seewasserzwecke geradezu prädestiniert. Dieses Material läßt sich aber durchaus bei Gestellaquarien als Bodenplatten oder zur Aquarienabdeckung verwenden. Ebensogut kann man es zu allen möglichen Außenverkleidungen benützen. Es läßt sich leicht bohren, sägen und mit Kunststoffklebern dauerhaft kleben.

Zement

ist ein Material, das nicht nur beim Bau von Fundamenten eine Rolle spielt, sondern auch manchmal bei Dekorationsvorhaben im Aquarium benötigt wird. Seine Anwendung im Aquarium ist immer etwas problematisch. Aber was uns als Ersatz, teilweise sogar als brauchbarer, angeboten wird, ist alles wesentlich teurer. Daher wird zumindest bei Seewasserdekorationen häufig auf Zement zurückgegriffen. Geschickte Aquarianer formen aus zementgetränkter Glaswolle durchaus natürlich wirkende Felspartien, ähnlich wie man es mit Leim und Knüllpapier bei den Dekorationen einer Modelleisenbahn macht.

Zement muß nicht, kann aber für das Leben im Aquarium giftige Verbindungen enthalten und gibt zumindest eine Zeitlang Härtebildner an das Wasser ab.

Wir müssen dem Zement diese Untugenden so weit wie möglich abgewöhnen. Wenn wir lange genug mit verdünnter Salzsäure gepinselt und danach möglichst mit fließendem Wasser geschwemmt und wieder gepinselt und nochmals einige Tage geschwemmt haben, ist es möglich, daß er friedlich wird und Ruhe gibt.

Fundamente aus Zement sind eine stabile und sichere Angelegenheit, wenn sie fachmännisch gemacht werden, das heißt vor allem, wenn Eigengewicht und Tragkraft in einem günstigen Verhältnis zueinander stehen. Nur sollte der Laie dabei bedenken, daß seine Anlage um ein Erkleckliches schwerer wird, und er muß sich genau über die Tragfähigkeit des Bodens informieren.

Steine

sind ein wichtiges Dekorationsmittel, aber nicht alle sind brauchbar; denn kalkhaltige Steine wirken als Härtebildner und sind daher im Süßwasser denkbar unerwünscht. Das ist sehr schade, denn einige aus dieser Gruppe, z. B. das Dolomitgestein, sind sehr bizarr und löchrig und zum Dekorieren besonders geeignet. Da lachen sich die Seewasseraquarianer ins Fäustchen, denn sie können diese Steine gut und gerne verwenden. Die abgegebene Härte spielt hier keine Rolle. Im Süßwasser bleiben uns trotzdem noch genügend Möglichkeiten durch die verschiedenen Urgesteinsarten und durch Sandsteine und Schiefer. Das alles gilt natürlich auch für den Bodengrund. Auch hier werden wir nur Sand verwenden, der nicht kalkhaltig ist. (Im Zweifelsfall prüfen wir mit Salzsäure, Kalksteine schäumen beim Betropfen mit Salzsäure.)

Wir wissen, daß verschiedene Metalle Giftwirkungen im Aquarium haben. Daher werden wir alle Steine, von denen wir annehmen, sie könnten Metalleinschlüsse enthalten, vorsichtshalber lieber für das Alpinum im Garten beiseitelegen. Der Sand für den Bodengrund sollte möglichst abgeschliffen und rund sein, damit sich bodenbewohnende Fische nicht verletzen. Sand aus dunklem Urgestein wird meistens nur als Schotter zu haben sein, und der ist scharfkantig gebrochen. Dunkler Bodengrund ist jedoch oft sehr dekorativ, und ich nenne den klug, der dunklen, runden Sand auch unter widrigen Umständen nach Hause schafft, wenn er ihn auf einer Wanderung, z. B. in einem Bergbach, gefunden hat.

Klebstoffe

Auch an die Klebstoffe, die wir in der Aquaristik verwenden, müssen wir hohe Ansprüche stellen. Sie müssen sich nicht nur bei normaler Zugbelastung bewähren, sondern sie müssen auch über längere Zeit hinweg dem Einfluß von Süß-, ja, sogar Seewasser widerstehen können. Ich gebe zu, das, was in jüngster Zeit an Klebstoffen auf den Markt gekommen ist, ist durchaus brauchbar. Leider steigt mit der Qualität auch der Preis. Araldit-Kleber sind für die Aquaristik fast ideale Klebemittel, wenn sie richtig verarbeitet werden. Wir können damit zum Beispiel Steinaufbauten aneinanderkleben und so die kühnsten Konstruktionen errichten. Meist sehen solche Bauwerke im Rohbau wenig einheitlich aus. Wir werden daher Polyesterharz und feinen Sand zu einer pastosen Spachtelmasse verrühren, die im Farbton zu den Steinen paßt, und damit formverbindend und ausgleichend unser Bauwerk verschönern.

Für schnelle Klebungen von Material mit rauher Oberfläche (Steine, Korallen usw.) kann man mit bestem Erfolg Palavit oder Paladur verwenden. Das sind Zweikomponenten-Kunststoffkitte, die normalerweise in der Zahnprothetik verwendet werden.

Kunststoffe

Es ist unglaublich, was man heute alles aus Kunststoffen herstellt. Viele dieser Dinge sind in ihren Eigenschaften so, als wären sie speziell für die Aquaristik geschaffen worden. Da gibt es verschieden farbiges, verschieden hartes Plattenmaterial, kalt und warm biegbare Rohre verschiedenster Abmessungen, Schläuche, Profilleisten aller Art, gegossene oder tiefgezogene Formteile, Schrauben und Muttern, Scharniere, Bunt- und Klarsichtfolien usw. Teile aus gleichem Material lassen sich dauerhaft miteinander verschweißen oder verkleben. Auch mit vielen anderen Werkstoffen kann man Kunststoffe verkleben. Wenn man irgendeinen aquaristischen Gegenstand aus Metall, der ständig mit Wasser in Berührung kommt, durch einen aus Kunststoff ersetzen kann, sollte man das umgehend tun. Farbfolien eignen sich in den entsprechenden Farbtönen gut zum Schattieren allzu besonnter Aquarien.

Es ist meistens eine undankbare Aufgabe, Materialempfehlungen zu geben, den Kunststoffen aber möchte ich gern ein Loblied singen. Oft stelle ich bei irgendwelchen aquaristischen Planungen fest, daß PVC-Kunststoff das geeignetste Material ist. Wo mir früher nur unbefriedigende Materialien, wie

BILD 19. *Schlauchklemme.*
a = Klemmschlauch, mit seitlicher Drahteinlage (gestreckt),
b = Luftschlauch,
c = Schlauchklemme geknickt

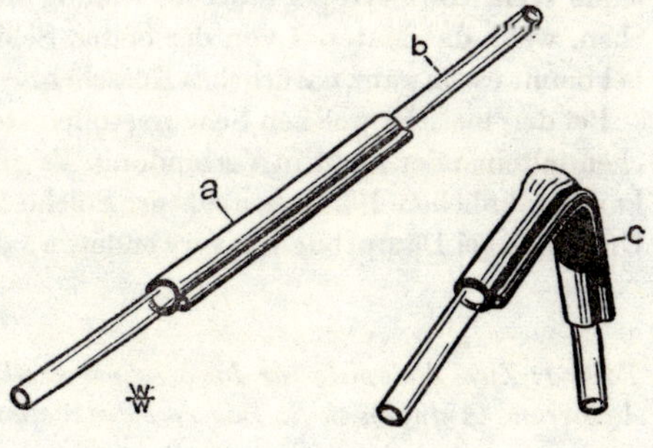

Glas oder Zelluloid, zur Verfügung standen, greife ich heute fast mechanisch nach PVC, und das Problem ist werkstoffmäßig gelöst. Dabei ist es gleichgültig, ob es sich um eine Rohrleitung, die um sechs Ecken führt, oder um einen komplizierten Behälter handelt. Für die Leitungen der Durchlüftungsanlage werden heute fast nur noch Kunststoffschläuche verwendet. Hier möchte ich einen Hinweis geben: Die Plastikschläuche bei bestimmten medizinischen Infusionsgeräten sind mit einer für unsere Zwecke geradezu ideal zu nennenden, weil simpel und einfach funktionierenden Schlauchklemme versehen (Hersteller: Braun, Melsungen). Alle anderen Schlauchklemmen, die ich bisher für das Aquarium benutzt habe, sind im Dauergebrauch unbefriedigend. Diese Infusionsschlauchklemme besteht lediglich aus einem Stückchen (4—5 cm) Überschlauch aus weichem Kunststoff, an dem seitlich ein Draht eingegossen ist. Dieser Draht ist dünn genug, um sich leicht biegen zu lassen, aber dick genug, um den geknickten Schlauch in der jeweiligen Lage festzuhalten, und stabil genug, häufige Biegungen auszuhalten, ohne zu brechen (Bild 19). Die Schlauchklemme hat sich bei Infusionen, wo unter Umständen die genaue Tropfenzahl pro Minute eine Rolle spielt, bestens bewährt, und auch Aquarianer sind von ihr begeistert.

Man hat aus Kunststoffen eine Anzahl von Schaumstoffen entwickelt, die auch in der Aquaristik verwendet werden. Styropor ist ein Hartschaum, der unerhört leicht ist. Man bekommt ihn fast in jeder Dicke und auch in großen Platten. Bei aquaristischen Dekorationen, bei denen einerseits eine große Menge Steinaufbauten benötigt werden, andererseits wirkliche Steine aus Gewichtsgründen nicht eingesetzt werden können. läßt sich mit diesem Material wunderbar imitieren. Da es bei näherer Berührung mit Hitze örtlich sofort schmilzt und einsinkt, kann man z. B. mit einem Lötkolben fast naturgetreue Steinstrukturen modellieren, Höhlen, Spalten und Durchbrüche hineinschmelzen und so eine Dekoration „nach Maß“ anfertigen. Das strahlende Weiß von Styropor stört im Anfang ein wenig, aber bereits nach Wochen, wenn das Material von der ersten Schicht Braunalgen überzogen ist, bekommt es ein ganz natürliches Aussehen.

Bei den meisten weichen Schaumstoffen stehen die eingeschlossenen Bläschen miteinander nicht in Verbindung. Es gibt aber Schaumstoffe mit einer kapillarähnlichen Bläschenstruktur. Solche Stoffe werden zum Beispiel als Unterlage bei Dampfbüglern verwendet, wo der Dampf nach unten abziehen

Tafel 1: Zwei Beispiele für das geschmackvoll in den Wohnraum eingegliederte Aquarium. Aufnahmen S. Böker, TetraWerke

Unser Jahrhundert im Bild
Unser Jahrhundert im Bild
Deutschland
Deutschland

können muß. Diese Stoffe eignen sich in der Aquaristik gut zur grob mechanischen Vorfilterung. Sie sind leicht zu reinigen und können wieder verwendet werden. Man sollte aber keinen Schaumstoff aquaristisch einsetzen, ehe man ihn nicht auf seine Ungefährlichkeit hin untersucht hat (Hückstedt, Aquarientechnik). Alle Schaumstoffe lassen sich jedoch gut als erschütterungshemmende Aquarienunterlage verwenden.

Ein Filtermaterial, das man ohne Prüfung verwenden und ebenfalls nach Auswaschen wieder benützen kann, ist Perlonwatte (nicht zu verwechseln mit Glaswatte, die auf keinen Fall verwendet werden darf!). Perlonwatte ist ein Filtermaterial, das nur zur mechanischen Filterung dient und das nur bei schnellen Filteranlagen mit häufiger Reinigung als alleiniges Filtermittel verwendet werden kann.

Aus Perlon oder Nylon werden feine Geflechte hergestellt. Sie sind grobdurchlässig und in der Aquaristik für mannigfache Zwecke verwendbar, zum Beispiel als Trennschichten zwischen verschiedenen Filtermaterialien im Filter oder am Filteransaugstutzen, um zu verhindern, daß kleinere Tiere in den Filter gelangen. Aus dem gleichen Material gibt es Schnüre verschiedener Stärken, die hauptsächlich als Angelschnüre verwendet werden. In der Aquaristik können wir damit alle möglichen dauerhaften Verbindungen unter Wasser herstellen.

Schutzanstriche

Wie schon einmal besprochen, sollen korrodierende Metalle vom Aquarium ferngehalten werden. Wo es sich nicht umgehen läßt, Gegenstände aus solchen Metallen einzusetzen, müssen wir für eine wirklich gute Isolierung sorgen. Der erfahrene Aquarianer weiß, daß selbst die besten Schutzanstriche gegen die Hartnäckigkeit des Wassers auf die Dauer keine Chance haben. Eine gute Lösung: Wir beschichten das Metall mit Epoxydharzen (HÜCKSTEDT, Aquarienchemie).

Holz

Da Holz unter dem Einfluß von Feuchtigkeit zu arbeiten beginnt und mit der Zeit morsch wird und Holzverleimungen, auch bei Verwendung von guten Leimen, auf die Dauer ihre Haltbarkeit einbüßen, werden wir auch hier

Tafel 2: Harmonisch gestaltetete Aquarien befriedigen das ästhetische Bedürfnis des Betrachters und gewähren den Tieren einen annehmbaren Lebensraum. Aufnahmen S. Böker, TetraWerke

für eine gute Isolierung gegen Feuchtigkeit sorgen. Furniere von edlen Hölzern werden auch in der Aquaristik ästhetisch befriedigen, wenn sie sinnvoll eingesetzt sind. Dagegen sind alle Furnierimitationen eine Geschmacksverirrung, auch wenn sie vom Material her noch so ideal für unsere Zwecke sind. Wenn Furniere zu stark feuchtigkeitsgefährdet sind, dann verzichten wir lieber auf einen Holzcharakter und verwenden zum Beispiel Resopal in geschmackvollen, materialgerechten Musterungen.

Hölzer und Wurzeln, die wir im Aquarium zu Dekorationszwecken verwenden, können natürlich, wenn man ganz sicher gehen will, mit Polyesterharz bestrichen werden. Es erübrigt sich, wenn wir sie mit Sorgfalt auswählen. Wurzeln, die im abgestorbenen Zustand seit Jahren zum Beispiel in einem fließenden Wasser lagen, sind bis auf einen schwer verrottbaren Kern sowieso abgefault und relativ sauber. Dieser Kern ist für uns brauchbar. Wurzeln und Hölzer, die in Torfmooren ausgegraben werden — sogenannte Moorkienhölzer — sind ebenfalls sehr haltbar, da sie meist nur noch aus Kernholz bestehen.

Die Dekoration

Do it yourself — aber richtig

Das Dekorieren von Aquarien hat Ähnlichkeit mit der Arbeit eines Gartenarchitekten. Nur sind hier die Maßstäbe wesentlich verkleinert und es fehlt die Weite des Raumes. Wir stehen vor der ungewohnten Aufgabe, eine Landschaft, die wir in Wirklichkeit selbst meist noch nie gesehen haben und nur aus wörtlichen und bildlichen Schilderungen kennen, in allen Dimensionen wesentlich verkleinert und trotzdem wirklichkeitsgetreu nachzubilden. Wir wollen uns dieser Aufgabe meisterlich entledigen, denn unser Aquarium soll ja eine Augenweide für den Betrachter sein. Dazu erscheint es mir unerläßlich, daß wir erst einmal unsere eigenen Augen auf die Weide schicken. Wir müssen emsig Informationen über das Aussehen der Unterwasserlandschaft sammeln, die wir uns als Vorbild gewählt haben. Wir müssen uns damit so vertraut machen, daß wir jederzeit von dieser Landschaft einen Gesamteindruck und auch wesentliche und typische Details gedanklich parat haben.

Das Bild der natürlichen Gewässer, in seine einzelnen Bestandteile zerlegt, ergibt eine Anzahl von Pflanzen, Steinen, Sand, Wurzeln usw. Wir wollen sie zusammenfassend künftig unser Dekorationsmaterial nennen. Wir werden es prüfen und auswählen, schichten und türmen, gruppieren und placieren, bis eine ästhetisch befriedigende Dekoration fertig ist. Zugegeben, das ist leichter gesagt als getan. Wenn man einen Haufen Dekorationsmaterial um sich herum liegen hat, in den man Ordnung bringen soll, ist der Anfang immer am schwersten. Darum schlage ich vor, wir machen es einmal anders. Wir legen unser Dekorationsmaterial noch einmal beiseite und versuchen, dem Problem erst einmal theoretisch zu Leibe zu rücken.

Der Bodengrund besteht im Normalfall hauptsächlich aus Sand. Wenn wir Sand von einheitlicher Körnung verwenden, ergibt sich nur eine Möglichkeit der Bodengestaltung, die wir auf zwei verschiedenen Wegen erreichen können. Wir können einmal den Sand völlig eben und waagrecht einbringen, oder ihn zu einer gefälligen Bodenformation ordnen und warten, bis die Fische und die Wasserbewegung ihn wieder völlig einebnen. Und das tun sie bestimmt! Zwar kommt ein völlig ebener Boden in der Natur durchaus vor, da er aber im Aquarium alles andere als schön ist, werden wir einen gegliederten Boden vorziehen, der uns so, wie wir ihn gestaltet haben, auch liegenbleibt. Die beste Methode, das zu erreichen, zeigt uns die Natur. Wenn von faustgroßen Steinen bis zum feinen Sand alle Zwischengrößen ineinandergeschachtelt werden, entsteht ein fester, gewellter Sandboden, der, geschickt geformt, genügend Raum und Halt für Pflanzenwurzeln bietet. Dabei bilden die größeren Steine, sich gegenseitig stützend, das Gerüst des welligen Bodens, und kleiner und kleiner werdende Steine bis zum Sand füllen die Zwischenräume und geben der ganzen Verbindung Halt. Für diese Art der Bodengestaltung benötigen wir allerdings ein Vielfaches der Zeit, die wir sonst für eine einfache Sandfüllung brauchen. Wir müssen die bestimmten Stein- und Kiesgrößen und Sandsorten sammeln, müssen uns die Form überlegen und beim Auslegen der größeren, formgebenden Steine sehr sorgfältig verfahren. Wo eine Mulde entstehen soll, verwenden wir flache Steine, zu den Erhöhungen hin nehmen wir immer rundere und größere. Wir werden na-

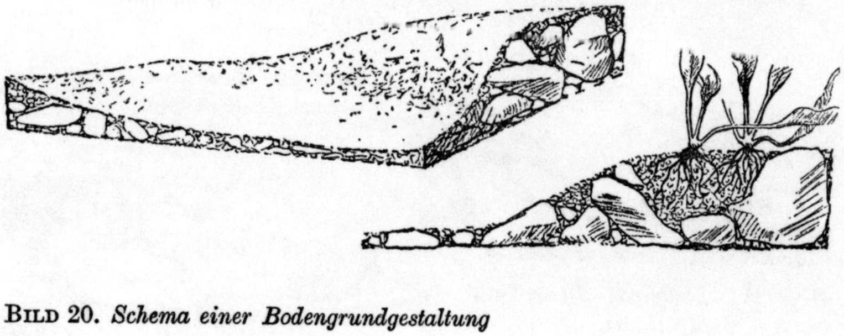

Bild 20. *Schema einer Bodengrundgestaltung*

türlich an den entsprechenden Stellen Wannen aussparen, in die nur feiner Sand gefüllt wird, um später Pflanzengruppen aufzunehmen (Bild 20).

Der zwanglose Eindruck, den alles Schöne in der Natur macht, sollte uns nicht zu dem Gedanken verleiten, unser Aquarium würde um so schöner, je zwangloser wir es gestalten.

Bei der Planung einer wirkungsvollen Aquariendekoration sind ein paar Gesetzmäßigkeiten von grundlegender Bedeutung für den Erfolg. Mit ihnen wollen wir uns nun etwas näher befassen.

Wenn wir zur Dekoration Steine verwenden wollen, dann gilt hier, wie bei allen Dekorationsmitteln, der Grundsatz: Schwerpunkte fangen den Blick und Kontraste bringen Spannung und Kolorit. Davon wollen wir uns bei allen weiteren Überlegungen leiten lassen. Um uns aber das Eindringen in die Materie ein wenig zu erleichtern, nehmen wir ein Schema zu Hilfe.

Auf unserem Bild 21 bilden den Schwerpunkt rechts drei große, längliche Steine, den Kontrast dazu gibt der links abgesetzte, kleinere, runde Stein. Der Schwerpunkt vermittelt uns den Eindruck einer typischen Steinansammlung in einem imaginären Naturausschnitt. Der kleine Kontraststein unterstreicht die Zufälligkeit der Gruppierung. Er sagt uns etwa folgendes: „Hier sind zwar Steine, aber nicht nur große, sie liegen zwar auf einem Haufen, aber nicht alle".

Der gleiche Dreh ist bei dem Beispiel (Bild 22) angewandt, nur sind hier die Rollen vertauscht: Runde Steine bilden den Schwerpunkt, und der kleine flache Stein gibt den Kontrast.

Greifen wir noch einmal auf die Natur zurück: Auch in ihr gibt es alle Abstufungen von den schönsten Plätzen bis hinunter zur monotonen Landschaft. Wenn wir uns nicht klar darüber sind, warum uns dieser oder jener Fleck so besonders gefällt, dann werden uns die Bilder großer Landschaftsmaler zeigen, was uns bei ihnen und in der Natur so gefällt: ausgewogen

BILD 21. *Längliche Steine mit rundem Kontraststein*

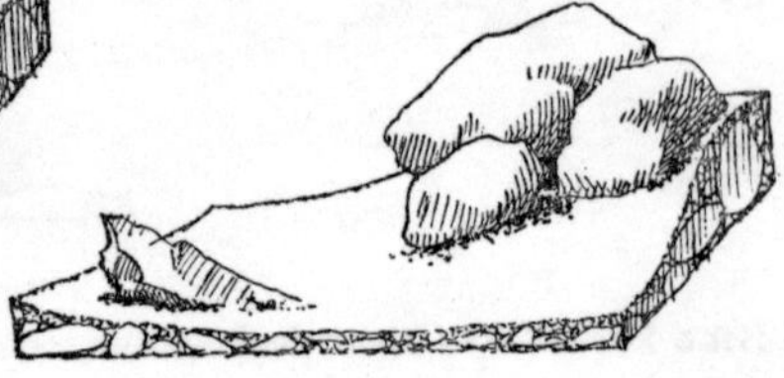

BILD 22. *Runde Steine mit länglichem Kontraststein*

placierte und harmonisch aufeinander abgestimmte Bildelemente. Auch diese Erkenntnis wird unsere Arbeit erleichtern.

Aber zurück zu unserem „gedanklichen Experimentierbecken". Wir kommen jetzt zu einem neuen Gestaltungselement: zu Wurzeln und Ästen (Bild 23). Abgesehen von ihrer bizarren, eigentümlichen Gestalt ergeben sich bei ihnen die gleichen Gesichtspunkte. Wir stellen ein etwas wuchtiges Wurzelstück in unser Experimentierbecken, und auch hier belebt eine kleinere, längliche Wurzel oder ein Ast das Bild.

Apropos Experimentierbecken! Jedem, der sich selbst ein gut eingerichtetes Aquarium dekorieren will, empfehle ich unbedingt, zumindest anfangs mit einem Modell zu arbeiten. Dazu braucht man nur ein offenes Kästchen etwa wie ein Puppenzimmer, also Boden, Rückwand und die beiden Seitenwände, eine Länge von ca. 15 cm genügt. Am besten arbeitet es sich damit, wenn es aus durchsichtigem Material besteht und man von allen Seiten kontrollieren kann. Auf dieser kleinen Bühne lassen wir unsere Dekorationsmodelle, also Sand, Steine und Wurzeln, in Miniaturform nach Herzenslust agieren, bis wir mit der Wirkung zufrieden sind. Das Ganze kostet fast nichts, und wir lernen sehr viel dabei.

Die Wasserpflanzen, die ja aus biologischen Gründen das wichtigste Dekorationselement sind, stellen uns vor die schwerste Aufgabe. Abgesehen davon, daß wir erst einmal die passenden Arten festzulegen und zu beschaffen haben, müssen sie einmal nach Größen aufeinander abgestimmt werden, und zum anderen müssen sie so placiert werden, daß auch dem Zuwachs Rechnung getragen wird. Wir werden versuchen, kleinwüchsige rasenbildende Arten gegen große buschartig wachsende Pflanzen konkurrieren zu lassen. Wenn es möglich ist, teilen wir den Rasen in einen größeren Hauptfleck und einen ganz kleinen, knapp abseits liegenden Fleck unter (Bild 24). Bei näherer Betrachtung von Bild 25 werden wir alle Elemente unseres Dekorations-

Bild 23. *Wurzelstock mit kleiner Kontrastwurzel*

Bild 24. *Pflanzenrasen und große Kontrastpflanze*

Bild 25. *Kombination aus Bild 20–24*

schemas zwanglos vereint wiederfinden. Aus Sand und Steinen, Wurzeln und Pflanzen haben wir so unter Berücksichtigung unserer Grundregeln eine Aquariendekoration geschaffen. Auf dem gleichen Wege lassen sich unzählige Dekorationen ausführen. Hier können wir unser Gefühl für das Natürliche und Zufällige einsetzen und weiterentwickeln.

Wir stellen uns ein *Myriophyllum*-Dickicht vor und versuchen, es im Aquarium zu reproduzieren, wobei wir uns aber sofort kritisch korrigieren, wenn unser Dickicht zu geschniegelt wirkt.

Die Erinnerung an einen Bachboden mit grünen Flächen regt uns dazu an, in unserem Becken auch einen Bodenrasen, z. B. mit *Echinodorus intermedius*, zu gestalten. Ein paar gräserartige Pflanzen, die sparsam hinter Steinen oder zwischen Wurzeln hervorspitzen, erhöhen dabei den Eindruck des Gewachsenen. Eine besonders schöne und dekorative Einzelpflanze, z. B. *Echinodorus paniculatus*, dominiert, ohne das Gesamtbild zu stören.

Wenn wir uns ein Freigewässer anschauen und die Pflanzenarten zählen, werden wir fast immer feststellen, daß auf engem Raum nur ganz wenige Arten vergesellschaftet sind. Meistens herrscht auch auf größeren Flächen nur eine Art vor. Daher sollten auch wir uns in unserem kleinen Naturausschnitt auf wenige Arten beschränken. Ob Sie es glauben oder nicht, drei Pflanzenarten, gut aufeinander abgestimmt, sind wesentlich schöner als ein Sammelsurium von vielen verschiedenen Arten, auch wenn man sich noch soviel Mühe mit der Dekoration gemacht hat. Und diese Aquarien mit den vielen verschiedenen Arten gibt es leider noch immer landauf, landab, ein Plus für die Wasserpflanzengärtner, aber auch nur für sie. Wohlgemerkt, ich spreche nicht gegen viele Pflanzen, ich habe nur etwas gegen ein Pflanzenmuseum.

Noch ein ganz wichtiges Dekorationsmoment muß eingeplant werden: Der freie Raum im Aquarium ist nicht nur für die Fische von Belang, er ist auch für den visuellen Eindruck sehr wesentlich. Wir müssen der Summe an festen Dekorationsmitteln den freien Wasserraum als Kontrast gegenüberstellen, wenn wir nicht einen Unterwasserdschungel haben wollen. Als Faustregel für das Verhältnis von freiem zu gefülltem Raum kann man 50:50 annehmen. Wobei sich dieses Verhältnis ruhig zugunsten des gefüllten Raumes bis auf etwa 70:30 verschieben kann.

Wenn wir das Innenleben natürlicher Freigewässer untersuchen, stoßen wir alsbald auf eine Anzahl von Unterwasserlandschaften, die in ihrer Vielgestaltigkeit und abwechslungsreichen Formierung für uns Anregungen in Hülle und Fülle enthalten. Ich wundere mich immer wieder, warum viele Aquarien innen so aussehen, als hätte einer, der noch nie in einen Bach oder Teich geschaut hat, das Becken dekoriert.

Als Naturvorbilder stehen uns Bäche und Flüsse, Teiche und Tümpel zur Verfügung.

Einen Fluß kann man, um ihn genauer zu betrachten, der Länge oder der Breite nach teilen. Am Anfang seines Laufes ist er beispielsweise ein kleiner Wildbach, der lebendig über Steine zu Tale schießt. Kinder können ihn hier noch im Sprung überqueren, und alle paar Meter füllen Steine, Geröll und Wurzelwerk, vom Ufer abgebrochen, das Bachbett fast aus. Pflanzenwuchs finden wir meist nur an den Ufern oder in den hier und da auftretenden Gumpen, wo das Wasser ruhiger fließt. Selten wachsen hier zarte und feinblättrige Pflanzen, und kilometerweit sind es meist nur ein oder zwei robuste Arten, die sich behaupten können. Dominierend sind Steine, Sand und Wurzelwerk, an denen einige zähe Algen und Quellmoose Halt finden.

Ganz anders sieht es im Mittellauf des Flußes aus: ruhiger fließt er jetzt dahin, und Brücken verbinden seine Ufer. Meist kann man nur noch am Rand, wenn die Wasseroberfläche unbewegt ist und Sonnenschein Kontrast erzeugt, seinen Boden betrachten. Die Ufer sind hier ganz anders. Die teilweise metertiefen Ausschwemmungen unter ihnen beweisen uns, daß sie schon lange dem Wasser trotzen. Die Steine am Boden sind kleiner geworden, und ab und zu finden wir an den Innenseiten der Krümmungen bereits abgelagerten Schwemmsand. An den ruhigen, strömungsgeschützten Stellen, speziell im Bereich der Uferzone, sammeln sich nahrhafte Mulm- und Humusablagerungen am Boden. In ihnen haben sich an günstigen Stellen bereits kleine Pflanzendickichte gebildet.

Je weiter wir den Mittellauf flußabwärts verfolgen, um so schlammiger wird der Grund, um so reicher sein Pflanzenwuchs. Der Unterlauf eines Flusses ist für uns nur noch an seinen Ufern interessant, da wir nur hier die Möglichkeit zur Beobachtung haben. Selbst schnorchelnd oder tauchend wird man kaum etwas erleben, denn dieses Wasser ist schon mehr oder weniger durch Schwebeteilchen getrübt.

Wenn wir die verschiedenen Teile eines Flusses im Querschnitt betrachten, finden wir im Prinzip überall das gleiche: zwei Ufer, die steil oder unterwaschen sind und zur Mitte des Bachbettes hin allmählich flacher werden. Die besten Vorbilder für Aquariendekoration geben uns die Uferzonen. Sehen wir einmal davon ab, ob wir uns nun für einen Ausschnitt aus dem Ober-, Mittel- oder Unterlauf entscheiden; wir haben dann drei Möglichkeiten, den Flußausschnitt zu gestalten:

Wir wollen versuchen, ein Stückchen des ebenen Flußbettes und das allmählich ansteigende Ufer nachzubilden. Dabei können wir einmal das imaginäre Ufer an die Rückwand des Aquariums verlegen, so daß es vom Beschauer weg allmählich ansteigt. Wir können uns aber auch einen Querschnitt durch ein Bachbett zum Vorbild nehmen und eine Seite des Aquariums als Uferseite ausgestalten. Besitzen wir ein entsprechend langes Aquarium, können wir drittens den Versuch machen, einen Gesamtquerschnitt durch einen Bach zu reproduzieren, indem wir die beiden Seiten des Aquariums als die gegenüberliegenden Ufer ansehen.

Wenn wir einen Ausschnitt aus einem Mittellauf nachbilden wollen, gehen wir am einfachsten folgendermaßen vor: Die eine Seite des Aquariums ist die tiefste Stelle und entspricht etwa der Bachbettmitte. Wenn wir aber den Boden nach dieser Stelle schon wieder leicht ansteigen lassen, entsteht der Eindruck einer sichtbaren Bachmitte, da der tiefste Punkt nun etwas mehr zur Mitte hin im Aquarium liegt. Auf der anderen Seite des Beckens, also an der Uferseite, bauen wir mit Steinen und Sand den schon beschriebenen, immer mehr ansteigenden Bodengrund (s. S. 53). Mit ein paar hochkantig liegenden Steinen versuchen wir, ganz an der Beckenwand den Eindruck eines Ufers zu erwecken. An der Uferseite befestigen wir sorgfältig ausgewähltes Wurzelwerk im oberen Drittel der Wasserhöhe an der Aquarienwand. Die Wurzelspitzen sollen dabei zur Beckenmitte hin ragen.

Mit der Bepflanzung beginnen wir von der Uferseite her erst etwa da, wo sich oben das Wurzelgewirr zu lichten beginnt. So entsteht hier der Eindruck

BILD 26. *Schema eines unterspülten Ufers. a = Eternitplatte, b = Befestigung der Eternitplatte, c = Wurzelstücke*

eines unterspülten Ufers (Bild 26). Das frei ins Wasser hängende Wurzelwerk wird ungefähr so im Aquarium befestigt: Wir nehmen eine Eternitplatte oder eine graue PVC-Platte von der Größe der seitlichen Aquarienwand. Die Wurzeln werden, soweit sie aus mehreren Teilen bestehen, entweder mit Kunststoffschrauben oder mit Perlonschnur aneinander befestigt und dann an der gewünschten Stelle der Seitenplatte angepaßt. Durch Löcher in der Platte werden sie ebenfalls mit Perlonschnur befestigt. Diese Konstruktion wird eingebracht und vorübergehend fixiert, bevor wir in den Bodengrund schichten. Der ansteigende Grund, der dann den unteren Teil der Platte bedeckt, gibt ihr schon einigen Halt. Sicherheitshalber können wir die Platte mit den Wurzeln am oberen Beckenrand nochmals befestigen.

Wenn unser Becken genügend tief ist und wir das Ufer seitlich placiert haben, läßt sich durch geschickte Formierung des Bodengrundes bei der imaginären Bachbettmitte der Eindruck einer leichten Flußkrümmung erreichen. Wir lassen einfach die als Rinne wirkende Mitte in einer leichten Krümmung nach hinten durch das Becken laufen. Durch eine Bepflanzung, die die Krümmung mitmacht, kann man den Eindruck verstärken.

Teiche und Seen bilden in einer gewöhnlichen Landschaft einen gleich starken Kontrast wie eine kleine Insel in einer großen Wasserfläche. Seit der Mensch die Oberfläche unserer Erde zerwühlt, gibt es außer natürlich entstandenen Teichen sehr viele künstliche. Ob ein solcher künstlicher Teich alt ist, erkennt man daran, wie sehr er sich in seiner Bodengrundformation dem

Aussehen eines natürlichen Teiches angenähert hat. Bei gleicher Bodenbeschaffenheit und gleichen Umweltbedingungen werden beide nach Jahren unter Wasser ziemlich gleich aussehen. Mit der Zeit spielt sich je nach dem Material, aus dem der Bodengrund besteht, ein entsprechendes Gefälle des Bodens zu den tiefsten Stellen hin ein. Wenn nicht Felsen oder Wurzelwerk das Ufer säumen, werden die Wurzeln der Pflanznarbe am Ufer eine kleine Stufe entstehen lassen, so daß der Landboden nicht in völlig gleichmäßigem Verlauf in den Teichboden übergeht. Auch bei Sandstrand finden wir häufig etwas landeinwärts eine kleine Stufe, die den Höchstwasserstand markiert.

Die Charakteristik einer Unterwasserlandschaft in stehenden Gewässern ist allein vom Ufer her schwer zu erfassen. Auf jeden Fall bekommt man keinen Gesamteindruck von dieser Unterwasserwelt. Was liegt da näher, als sich mit Flossen, Maske und Schnorchel auszurüsten. Wenn man sich so einen klaren Teich nach allen Richtungen hin erschnorchelt hat, hat man schon eine ganz andere, intensivere Beziehung zu ihm.

Bei meinen Schnorchel- und Tauchausflügen in heimischen Gewässern habe ich, obwohl die meisten Seen im Gesamteindruck eine gewisse Einförmigkeit aufweisen, doch eine ganze Anzahl Plätze entdeckt, die hübsch aussahen, typisch für eine Teichlandschaft waren und sich gut zur Nachbildung im Aquarium eigneten.

Da mündet zum Beispiel im flachen Uferbereich ein kleiner, unterirdischer Wasserzulauf in den Teich. Er hat im Laufe der Zeit einen flachen, vielleicht 10 bis 20 cm tiefen Hohlweg aus dem schräg abfallenden Teichboden geschwemmt. Um das im Aquarium nachzubilden, gehen wir folgenden Weg: Wir lassen den Bodengrund nach hinten ansteigen. Da wir so eine kleine Bodenrinne am besten etwas seitlich von vorn betrachten, müssen wir sie von der Rückwand her etwas schräg nach vorn durch das Becken laufen lassen. Wenn wir den Sand in der Rinne am gedachten Eintrittspunkt des Zulaufes relativ grobkörnig einbringen und zum flach auslaufenden Ende der Rinne hin mit feinerem Sand verlaufend in den allgemeinen Boden übergehen, entsteht der Eindruck, daß hier ein Wasserstrom aus dem sandigen Boden die feinen Teile ausgeschwemmt hat. Liegengeblieben ist nur das, was zu schwer war, um bewegt zu werden.

In der Natur ist es nun typisch, daß an der Einflußstelle der Sand — im Gegensatz zur Umgebung — sehr sauber ist. Im Aquarium würde uns wahrscheinlich sehr bald das Gegenteil passieren, in der Rinne würde sich aller Schmutz und Dreck des Beckens sammeln, und der ganze Eindruck wäre beim Teufel. Wir müssen also zu einem kleinen Trick greifen: Zuerst werden wir den Ursprung der Rinne an der Rückwand mit etwas kleinem Wurzelwerk nach oben zudekorieren, so daß er ganz im Schatten liegt und man die Rückwand hier nicht mehr sieht. Den Rest besorgen geschickt placierte Wasserpflanzen. Nun müssen wir den Austritt des Filterauslaufes versteckt im Ursprung der Rinne an der Rückwand so anbringen, daß er durch seine leichte Wasserströmung ziemlich genau die natürlichen Umstände kopiert (Bild 27). Rechts und links der Rinne beginnt in einem gewissen Abstand der Pflanzenwuchs, und so wollen wir es auch im Aquarium halten.

Irgendwann hat sich unser Teich einmal ausgedehnt und dabei wurde ein bislang am Ufer stehender Baum mitten ins Wasser versetzt. Er wurde gefällt, um das Holz zu retten, und seitdem steht im seichten Wasser ein ansehnlicher Wurzelstock, der, größtenteils überspült und von Wasserpflanzen umwachsen, für viele Fische ein idealer Versteckplatz ist. Diese Unterwasserlandschaft eignet sich besonders als Vorlage für Aquariendekorationen, die aus technischen Gründen auf Mitte ausgerichtet sein müssen.

Ein anderes ganz typisches Teichboden-Bild bietet sich uns da, wo eine kräftige Wurzel, irgendwoher kommend und halb noch im Erdreich steckend, quer zum Gefälle verläuft. Unter der Wurzel hat sich eine kleine Unterschwemmungsstelle gebildet, und so entstand eine deutliche Stufe im Teich-

BILD 27. *Einflußstelle eines Unterwasserzulaufes*

boden, die sich im Aquarium sehr schön nachgestalten läßt. Ich werde sie weiter unten genauer beschreiben (s. S. 72).

Gewußt wie

Nicht immer lassen sich unsere Pläne bei der Ausgestaltung des Aquariums ohne weiteres technisch durchführen. Da ist zum Beispiel eine Wurzel, die immer wieder hochgetrieben wird, oder eine Steingruppe will immer wieder auseinanderfallen usw. Solche Dinge können einen gewaltig auf die Palme bringen. Aber glauben Sie mir, es gibt für, na sagen wir fast alles eine Lösung, wenn man nur lange genug herumknobelt, oder wenn man genügend praktische Erfahrungen mit diesen Dingen hat. Es ist völlig sinnlos, einen Steinaufbau, der nicht halten will, so notdürftig abzustützen, daß er gerade noch zusammenbleibt. Bei der nächsten Gelegenheit, bei der wir einen Fisch herausfangen wollen, werfen wir garantiert alles über den Haufen, und wenn wir Pech haben, kann uns dabei eine Scheibe zerbrechen. Da ist es schon zweckmäßiger, den Steinaufbau in der richtigen Lage zu fixieren und mit Uhu-plus zu verbinden, dann sind wir alle Sorgen los.

Wurzeln, die der Auftrieb immer wieder nach oben bringt, sollte man ebenfalls ein für alle Mal bändigen. Es gibt heute Kunststoffschrauben und -muttern verschiedener Größen. Mit UHU-plus kann man eine Kunststoffmutter dauerhaft an einen Stein kleben, die durchbohrte Wurzel kann man dann mit der Schraube am Stein befestigen. Sollen zwei Wurzeln miteinander verbunden werden, helfen uns wiederum Kunststoffschrauben (Wurzeln lassen sich wegen ihrer meist weichen, ausgelaugten Oberfläche in den seltensten Fällen dauerhaft aneinanderkleben). Kleinere Wurzeln werden einfach mit Perlonschnüren verbunden. Einen ganzen Wurzelstock auszuhöhlen ist auch keine große Arbeit, wenn man es geschickt anfängt. Er wird längs in zwei Hälften gespalten oder gesägt und dann mit einem großen, halbrunden Stemmeisen entsprechend ausgehöhlt. Im trockenen Zustand läßt er sich an den Schnittflächen wieder zusammenkleben (UHU-plus).

Als Seewasseraquarianer brauchen wir nicht gleich zu verzweifeln, wenn wir unsere schönste Dekorationskoralle mal am Boden zertrümmern. In jedem Geschäft für Zahnärztebedarf bekommen wir Paladur und Palavit, und mit diesem überaus haltbaren, wenn auch etwas teurem Zweikomponentenkitt lassen sich solche Schäden schnell, dauerhaft und sauber reparieren. Diese Kitte härten schneller aus als UHU-plus, wir brauchen die geklebten Stücke nur wenige Minuten fest aneinanderzuhalten. Wie gesagt, diese Kitte sind etwas teuer, sie lassen sich aber sehr sparsam verarbeiten. Styropor-Hartschaum, den wir manchmal für Dekorationszwecke verwenden, hat im Wasser einen enormen Auftrieb und muß, am besten mit UHU-plus, im Becken angeklebt werden.

Vom Känguruh im Tannenwald

Die merkwürdigsten Vergleiche drängen sich mir manchmal auf beim Betrachten von Gesellschaftsaquarien der herkömmlichen Art. Es würde kaum jemandem einfallen, beispielsweise einen Uhu mit einer Möwe zu vergesellschaften und ihren Käfig mit Palmen zu dekorieren. In der Aquaristik ist so etwas aber seit eh und je üblich. Da sehen wir Scalare aus dem Amazonas neben indischen Glaswelsen, afrikanische Salmler neben Platy aus Nordamerika; zwar sind alles Nachzuchten, die ihre Heimat nie gesehen, ihre Lebensgewohnheiten und Ansprüche jedoch sehr wohl beibehalten haben. Das wurlt und quirlt und flitzt durcheinander in einem Wasserpflanzensammelsurium von Sagittarien aus Amerika, Cryptocorynen aus Ceylon und Anubias aus Afrika und was sonst noch in aller Herren Länder unter Wasser wächst. Alles geht sich gegenseitig kräftig auf die Nerven, und nur der von keiner Sachkenntnis getrübte Betrachter freut sich und staunt: „Ach, guck doch, nein wie niedlich“. Er freut sich, weil er es nicht besser weiß. Wir wissen es aber besser und könnten es auch erheblich besser machen, denn wir haben alle Möglichkeiten dazu. Was die Aquarienfische sicher brauchen, wie Futter, Licht, Sauerstoff usw., wissen wir auch.

Bei einer Reihe von Dingen wissen wir es nicht sicher, ob die Fische sie wirklich brauchen. Zum Beispiel vermuten wir, daß sie nicht gern zu eng beisammen leben (ausgenommen Schwarmfische). Wir vermuten weiter, daß es ihnen nicht gleichgültig ist, wie ihr Nachbar sich verhält, und daß es sehr zu ihrem Wohlbefinden beiträgt, wenn er ein angenehmer Mitbewohner ist. Man nimmt auch an, daß die Umwelt der Fische, wie Boden, Steine und Pflanzen, Einfluß auf ihr Verhalten und vor allem auf ihr Wohlbefinden hat. Wir vermeiden also sicher Fehler, wenn wir die Umwelt unserer Pfleglinge ihrer heimischen Wasserwelt möglichst nachgestalten und sie nur in Gesellschaft von Fischen halten, mit denen sie auch in der Heimat zusammenleben. Die Konsequenz daraus: das Landschaftsaquarium mit Biotopcharakter, also kein Allerweltsaquarium, sondern die Reproduktion einer Unterwasserlandschaft aus einem bestimmten Gebiet. Biotope gibt es in den Weltgewässern unzählige. Streng genommen ist jeder Teich und jeder Fluß ein Biotop für sich. Aber es würde doch zu weit führen, so ins Detail zu gehen. Für uns Aquarianer sind nur eine bestimmte Anzahl von Lebensräumen interessant, weil nur von dort viele Zierfische eingeführt werden.

Einige Vorschläge für Landschaftsaquarien

Gewässer aus den Ebenen Südostasiens

Dieser Lebensraum bietet uns mit seinem großen Reichtum an Zierfischen viele Möglichkeiten. Die unzähligen Bewässerungsgräben und Kanäle, deren stille Seitenarme, Teiche und Sümpfe in den Ebenen der Länder und Inseln Südostasiens sind das Paradies für Labyrinther, *Rasbora*- und *Aplocheilus*-arten usw. Die Ufer säumen Schilf und Bambushecken, Regenbäume und Kasuarinen spenden Schatten. Die Oberfläche dieser Gewässer ist meist durch ein Gewirr von Schwimmpflanzen so dicht besetzt, daß zu den Bodenpflanzen nur wenig diffuses Licht gelangt und sie nur spärlich gedeihen. In den Ebenen ist es von Februar bis Oktober sehr heiß, und die durchschnittliche Wassertemperatur liegt dann bei 28°C. Von Oktober bis Februar ist es etwas kühler, die Wassertemperatur sinkt bis auf einen Durchschnittswert von etwa 23°C. Der pH-Wert dieser Gewässer ist niedrig, ca. 5—6, also deutlich sauer. Die Wasserhärte schwankt zwischen 0 und 3 Grad DH. Der Bodengrund ist hier meist dunkel und schlammig. Dies alles ergibt doch schon ein ganz spezifisches Bild, und es ist reizvoll, danach ein Aquarium zu gestalten.

Das wichtigste Charakteristikum dieser Gewässer sind die Schwimmpflanzen. Im Aquarium muß also zwischen Wasseroberfläche und Deckscheibe genügend Raum (ca. 20 cm) bleiben, und darin muß ständig Frischluft zirkulieren. Wird die Luft hier zu feucht, so schadet das den Schwimmpflanzen, ebenso wie ihnen Schwitzwassertropfen nicht bekommen. Eine schräge Deckscheibe sorgt dafür, daß das Schwitzwasser seitlich abläuft. Das Wurzelwerk der Schwimmpflanzen kann sehr üppig werden und bestimmt zumindest im oberen Teil den Charakter des Beckens. Der Boden bekommt eine gefällige Unebenheit, seitlich und hinten dekorieren wir gut placiert dünne Bambusstäbe oder Pfefferrohr oder trockenes Schilf, wobei ruhig ein bis zwei trockene Schilfblätter an den Stengeln bleiben dürfen, sie schaden nicht und es wirkt natürlicher.

Je nach Beckengröße werden eine oder mehrere kräftige Wurzeln so eingebracht, als wären sie Teile eines Uferbaumes. Ein kleineres Wurzelstück halb im Sand sorgt für den Kontrast (Bild 28). Als Material für den Bodengrund eignet sich hier ein feiner, möglichst dunkler Sand, welcher im Laufe der Zeit vermulmt und so dem Naturvorbild ziemlich nahekommt.

Wie schon erwähnt, ist ein nicht sehr üppiger Pflanzenwuchs am Boden typisch für diese Gewässer. Wir wollen dieses Charakteristikum beibehalten; die dichte Decke der Schwimmpflanzen wird den Bodenwuchs sowieso hemmen. Am besten eignen sich zwei bis drei Arten zäher, auch im Schatten noch gedeihender Pflanzen wie *Aponogeton undulatus*, *Cryptocoryne grandis* und *C. nevellii* (diese wünscht etwas helleren Standort), sowie *Hygrophila*. Die Stengel einiger Nymphaea-Arten wie *N. tetragona*, *N. pygmaea*, *N. alba minor* oder *Nymphoides peltata* und *N. indica* vervollständigen das Bild.

Wir bereiten Wasser mit dem geeigneten pH-Wert, der richtigen Härte und Temperatur zu und füllen es vorsichtig ein. Die Pflanzendecke an der Oberfläche soll immer freie Stellen aufweisen, damit die Labyrinth-Atmer, die Luft von der Oberfläche aufnehmen, das ohne Schwierigkeiten tun können. *Eichhornia* (braucht viel Platz über dem Wasser) sowie *Pista stratiotes*, *Lemna* (eine tropische Wasserlinse) und *Azolla pinnata* (ein Moosfarn) sind

BILD 28. *Dekorationsvorschlag für ein Landschaftsaquarium der südostasiatischen Ebenen. Abgebildete Fische (von links nach rechts): 1. Trichogaster leeri, 2. Betta splendens, 3. Rasbora heteromorpha, 4. Brachygobius doriae, 5. Barbus fasciatus, 6. Acantophthalmus kuhlii kuhlii*

das passende Pflanzmaterial für die Oberfläche. Als Beleuchtung sind hier Leuchtstoffröhren das einzig Richtige, denn die Wärmeentwicklung herkömmlicher Glühbirnen würde unseren über die Wasseroberfläche kommenden Pflanzen schaden. Bei Becken, denen eine Tauchkreiselpumpe „Turbelle“ zur Filterung genügt, ist auch die Luftzirkulation, die ihr Ventilator erzeugt, ausreichend.

So bleibt das Ganze bei normaler Beleuchtung und Durchlüftung ca. 4 Wochen ohne Fische, damit die Pflanzen in Ruhe einwurzeln können.

Wir haben also jetzt reichlich Zeit, uns für die endgültige Fischgesellschaft zu entscheiden. Wir werden Literatur wälzen, Zoogeschäfte besuchen und Angebote vom Zierfischversandhandel einholen, um uns zu informieren und aus dem reichhaltigen Angebot an südostasiatischen Zierfischen auszuwählen (siehe Tabelle S. 79/80).

Berggewässer Südostasiens

Aus dem gleichen Gebiet, aber aus klaren, schnellfließenden Gebirgsbächen kommen einige interessante Arten südostasiatischer Zierfische zu uns. Sie bieten sich für ein Landschaftsaquarium geradezu an, z. B. die Schmerle, die typischen Bewohner der Flüsse dieser tropischen Bergwelt. Beweglich und emsig sind diese Bäche, sie zwängen sich durch Schluchten, sie schürfen und schwemmen das felsige Erdreich aus, und ihr Bett ist dementsprechend sandig und voller Steine, die gute Versteckmöglichkeiten bieten. Hier, wo der Urwald allmählich an den Berghängen hochsteigt, sind Bambus und wilde Bananen die Schattenspender an den Flußufern, stellenweise unterbrochen von Baumfarnen und hohen, lianenbewachsenen Baumriesen, auf denen prächtige Orchideen ihren Platz an der Sonne behaupten. Sauerstoffreich und durchsonnt ist hier das Wasser, denn die lichtfilternden Schwimmpflanzen fehlen völlig, und quicklebendige Fische tummeln sich darin. Es ist ein Lebensraum, der uns durch seine Helle, Sauberkeit und Lebhaftigkeit anzieht.

Irgendwo in diesem Gebiet hat das unermüdlich ausschwemmende Wasser eines Baches einen kleinen Gesteinsrutsch ausgelöst. Größere und kleinere kantige Bruchsteine fielen in den Bach, dessen Bett aus rundem, abgeschliffenem Rollkies jeder Größe besteht. Diese Stelle soll unser Motiv sein. Rollkies, fein bis ganz grob aus der nächsten Kiesgrube geholt, wird nach bewährter Verschachtel-Methode so in das Becken eingebracht, daß eine S-förmig gewundene Bodenrinne entsteht, als Abbild eines unregelmäßig ausgeschwemmten Flußbodens (Bild 29). Ein sorgfältig gewählter Stein, der, wenn möglich, vom Sägen her eine Schnittseite aufweisen sollte, repräsentiert an einer Seite des Beckens leicht überhängend das felsige Ufer. Kleinere, längliche Bruchsteine des gleichen Materials liegen auf dem Kies so gruppiert, daß sie einige Versteckplätze bilden und so wirken, als wären sie vom Ufer, ins Wasser gefallen.

Als Pflanzen kommen hier hauptsächlich Cryptocorynen-Arten wie *C. undulata*, *C. griffithii*, *C. grandis* und *C. haerteliana* in Frage, wobei wir aber möglichst nur zwei Arten verwenden und sie dicht und flächig pflanzen. Eine gut gewachsene *Aponogeton crispus* gliedert den freien Wasserraum.

Ein der Beckengröße entsprechendes Wurzelwerk, das in diesem Fall fein verästelt sein kann, reicht von seitlich hinten ins Blickfeld nach vorn und ist teilweise in den Sand eingegraben. Es wird den Eindruck unterstreichen, daß hier ein ausschwemmender Bach am Werk war. Die richtige Aufteilung der Bildelemente ist dabei sehr wichtig. Durch harte Gegenüberstellung von Felsen, Sand und Geröll einerseits und einer Pflanzengruppe andererseits entsteht der Eindruck, daß in einem sich häufig verändernden Flußbett einige Pflanzen Halt suchen und finden. Und noch einmal sei betont: Bei diesem

BILD 29. *Dekorationsvorschlag für ein Landschaftsaquarium der südostasiatischen Gebirgsbäche. Abgebildete Fische (von links nach rechts): 1. Labeo bicolor, 2. Botia macracantha, 3. Barbus nigrofasciatus, 4. Rasbora maculata, 5. Acanthopsis choirorhynchus, 6. Botia hymenophysa*

Becken ist es wichtig, eine Anzahl Unterstände am Boden zu gestalten, da einige Fischarten sie zu ihrem Wohlbefinden brauchen.

Die Wassertemperatur schwankt in diesen Gewässern zwischen 24 und 28 °C im Normalfall, der pH-Wert liegt zwischen 5 und 6, und die Wasserhärte mit 0 bis 3 Grad DH ist sehr niedrig. Bei der Auswahl der Fische für dieses Becken, wie überhaupt für die meisten Aquarien, gilt die Regel: „Viele Fische einer Art zu halten ist besser als von vielen Arten ein bis zwei Individuen".

In unserem Fall werden je nach Beckengröße fünf bis sechs *Labeo bicolor* (bei nur zwei Exemplaren dieser Art im Becken gibt es Kämpfe auf Leben und Tod), ein größerer Schwarm *Botia macracantha* und ein kleinerer Schwarm *Barbus nigrofasciatus* oder *Rasbora elegans* dominieren (siehe Tabelle S. 81/82).

Südamerikanische Urwaldflüsse (Amazonas)

Man sagt, daß das Amazonasgebiet, das mit seinen Flüssen, Seen und Sümpfen in unendlicher Ausdehnung fast einen ganzen Kontinent gliedert, die meisten Zierfische der Welt liefert. Aber nicht nur darum wählen wir uns einen Ausschnitt dieser Urwaldflüsse als Vorbild für ein Landschaftsaquarium, auch nicht nur, weil hier die Heimat der Scalare ist. Der besondere Reiz dieser Landschaft liegt für den Aquarianer in ihrem Lebensrhythmus. In diesem riesigen Urwaldgebiet läßt die Regenzeit die Gewässer stark anschwellen, die dann während der Trockenperiode wieder zusammenschrumpfen. Dadurch haben alle Flüsse kein festes Ufer, sie sind von Überschwemmungsgebieten umgeben. An den Rändern der Flüsse finden wir ein Gewirr von ausgeschwemmtem Wurzelwerk und ins Wasser gefallenen Ästen und Stämmen.

Da in diesem Gebiet drei verschiedene Flußtypen vorkommen, die sich außer durch ihre unterschiedliche Flußbettform vor allem durch ihr Wasser unterscheiden, sind unsere Bemühungen etwas erschwert. Die Hauptströme, die sogenannten Weißwasserflüsse, führen lehmiges, trübes Wasser. Schon aus diesem Grund sind sie für unsere Zwecke uninteressant. Unsere Zierfische stammen auch aus den beiden anderen Flußtypen, den Klar- und Schwarzwasserflüssen. Die Klarwasserflüsse kommen aus einem Gebiet, in dem der Boden durch die ungeheuren Regengüsse so ausgeschwemmt ist, daß kaum noch Schwebestoffe eingeschwemmt werden. Es ist ein klares und sauberes Wasser.

Aus einem Klarwasserfluß wird in seinem weiteren Verlauf ein Schwarzwasserfluß: Die Bäume und sonstigen Pflanzen, die im Wasser ausgelaugt werden, geben lösliche Humusstoffe ab und färben so das Wasser braun. Es bleibt dabei durchaus ein klares Wasser und ist wohl im Aussehen mit unseren Moorwässern zu vergleichen. Die Wassertemperatur schwankt zwischen 25 und 30 °C, der pH-Wert zwischen 4,5 und 6,5. Die Härte liegt fast durchwegs unter 1 Grad DH. Es wird berichtet, daß dieses Wasser bezüglich des Leitwertes fast mit destilliertem Wasser verglichen werden kann.

Die Uferbäume und Büsche des Urwaldes stehen während des größten Teils des Jahres metertief unter Wasser, das Wurzelwerk ist ausgeschwemmt. Luftwurzeln von Epiphyten drängen sich zwischen Stelzwurzeln und im Wasser faulenden Baumstämmen und Ästen. Auf dem Wasser treiben ab und zu gemächlich Holzstücke, mit Gräsern und auch Epiphyten dicht bewachsen. Wo Sonnenlicht bis zum Wasser durchdringt, haben sich Schwimmpflanzen angesiedelt. Über allem wölbt sich der sich ewig erneuernde, uralte Urwald. Geheimnisvoll und verwirrend in seiner vielfältigen Schönheit, aber grausam gegen alles, was zu schwach ist, sich hier zu behaupten. Es wundert niemanden, daß hier die Heimat vieler Süßwasserraubfische ist. Ein Amazonasaquarium sollte nicht lieblich aussehen, es darf etwas düster, zwielichtig und bizarr gestaltet sein.

Eine Eternitplatte in Größe der Beckenrückwand bildet hier das Fundament der Dekoration. Wir befestigen daran Wurzelstöcke mit Wurzelwerk und verzweigte, leicht gebogene Äste. Links hinten werden zwei Wurzelstöcke so an der Platte befestigt, daß das untere Wurzelwerk 6 bis 10 cm über dem Boden endet. Die Stämme müssen oben bis über die Wasseroberfläche reichen, es soll sich ja der Eindruck im Wasser stehender Bäume ergeben (Bild 30). Von einem der beiden Stöcke wird senkrecht etwa ein Drittel abgespalten. Es entsteht so eine Auflagefläche für die Platte. Der zweite Stock wird an den Wurzeln nur soweit beschnitten, daß er sich gut mit dem Wurzelwerk des ersten verflechten läßt, und daß beide leicht miteinander verbunden werden können. Leicht gebogene und verzweigte Erlenwurzeln vom Ufer eines Teiches oder Baches lassen sich, wie aus dem Bild ersichtlich, mit Erfolg als Stelzwurzelimitation verwenden. Eine in das Wasser hängende Liane, wozu wir ein Stück Liane des heimischen wilden Geißblattes (Heckenkirsche) verwenden, trägt sehr zur Illusion eines Urwaldgewässers bei. Wenn es der Platz erlaubt, stellen wir einen Philodendron so in die Nähe des Beckens, daß einige seiner Luftwurzeln in das Wasser hängen. Als Boden wird ein schwarzer, runder Basalt dem dunklen Grund der Urwaldflüsse am nächsten kommen. Die Laub-Humusschicht am Boden der Urwaldströme wollen wir lieber nicht nachgestalten. Unter den Baumwurzeln beginnend, werden schräg bis fast zur Mitte viele *Echinodorus tenellus* oder *E. inter-*

medius als Rasen gepflanzt. Rechts hinten, wo nur noch einzelne Wurzeln stehen, wächst *Cabomba aquatica* (oder, für Anfänger, *Myriophyllum brasiliense*).

Die Angaben in der Literatur über das Vorkommen der verschiedenen Fischarten im Amazonasgebiet sind sehr uneinheitlich und ungenau. Das liegt wahrscheinlich zum Teil daran, daß die verschiedenen Arten sich nicht streng auf ein bestimmtes Biotop beschränken. Die Frage, ob sie Schwarzwasser brauchen, ist daher nicht immer klar zu beantworten. Unsere Dekoration ist typisch für ein Gebiet, in dem meistens Schwarzwasser fließt. Da wohl eine große Anzahl der angebotenen Zierfische im Schwarzwasser vorkommt, kann dieses Becken ruhig mit Schwarzwasser beschickt werden. Es gibt in Zoohandlungen einige gute Wasserzusätze, mit denen man Schwarz-

BILD 30. *Dekorationsvorschlag für ein Landschaftsaquarium des Amazonasgebietes. Abgebildete Fische (von links nach rechts): 1. Pterophyllum scalare, 2. Symphysodon discus, 3. Apistogramma ramirezi, 4. Rivulus ocellatus, 5. Nannobrycon eques eques, 6. Corydoras arcuatus*

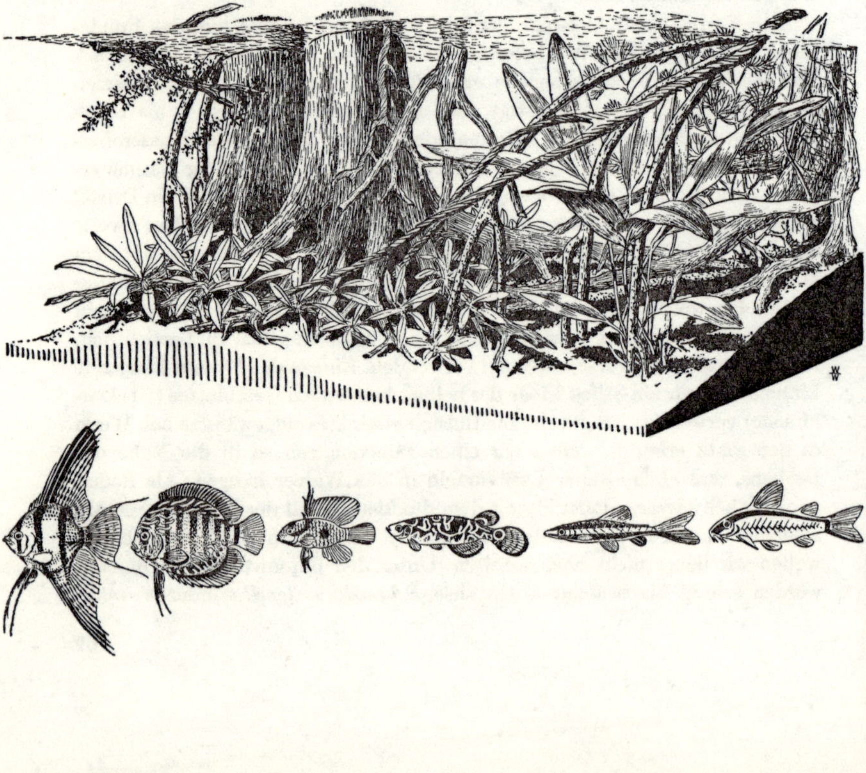

wasser herstellen kann. Die Erfahrungen mit Torffiltern für saure Wässer sind so widerspruchsvoll, daß ich von einer Empfehlung absehen möchte. Wir brauchen zwar ein leichtes saures Wasser, das aber gut gepuffert sein soll, wobei gewisse Torfsorten angeblich helfen (HÜCKSTEDT, Aquarienchemie). Die Fische vertragen es aber teilweise auch ganz gut, wenn man den pH-Wert etwa neutral hält; er bleibt dann auch leichter stabil.

Aus dem großen Angebot an Fischen aus diesem Gebiet nehmen wir zum Beispiel drei bis fünf *Pterophyllum scalare*, einige *Corydoras aeneus* und *C. melanistius* oder *C. punctatus julii* (je die gleiche Anzahl), zwei bis drei *Callichthys* sowie *Carnegiella strigata* und *Hemigrammus pulcher*. Eine größere Anzahl *Hyphessobrycon innesi* oder *H. cardinalis* und ein paar *Copeina arnoldi* vervollständigen die Auswahl. Eine andere Möglichkeit wäre eine Besetzung mit einigen *Symphysodon discus*, je ein Paar *Apistogramma agasizii* und *A. ramirezi*, eine größere Anzahl *Rivulus urophthalmus* und einige *Aequidens maronii* und *A. curviceps*. (siehe Tabelle S. 82/83).

Gewässer aus dem afrikanischen Regenwaldgebiet

In Afrika gibt es Unterwasserlandschaften, die bestimmt bei einer großen Anzahl von Aquarianern Interesse finden. Es gibt dort in Urwaldtümpeln und langsam fließenden Bächen des Regenwaldgebietes im dichten Pflanzenwuchs ein wahres Fischgewimmel. Expeditionsberichten zufolge konnte man dort die Fische regelrecht herausschöpfen. Kein Wunder, wenn sie als ideale Aquarienfische verschrien sind. Sie behaupten sich im Pflanzendschungel, im stehenden, schlammigen und sauerstoffarmen Wasser gegen die große Konkurrenz zahlreicher Mitbewohner. So bringen sie alle Voraussetzungen für eine lange Lebenszeit im Aquarium mit.

Ein Aquarium mit einem Wasserpflanzendickicht schön zu gestalten ist nicht so leicht, wie man vielleicht glaubt. Wir brauchen einerseits das Abbild eines richtigen Dickichts, aber andererseits auch genügend freien Raum. Dafür gibt es eine elegante Lösung: Der Boden erhält eine ungewöhnlich hohe Stufe, am besten durch eine halbierte, geeignete Wurzel, die wie ein ins Wasser gefallener Stamm wirken soll. Auf einer Bodenplatte aus Eternit wird im rechten Winkel dazu ein entsprechend hoher Eternitstreifen mit UHU-plus festgeklebt und mit zwei Stützen, ebenfalls aus Eternit, hinten abgesichert. Der Stamm schließt vorn die Platte ab. Er bildet eine Stufe von ca. 20 bis 30 cm Höhe und teilt das Becken der Tiefe nach dergestalt, daß die untere Stufe etwa ein Drittel der Bodenfläche einnimmt (Bild 31). Beide Stufen steigen leicht nach hinten an und wirken wie ein flaches Tümpelufer, das durch eine querliegende Wurzel (oder einen Baumstamm) unterbrochen ist. Rechts unter der Wurzel bilden wir durch eine ausgeschwemmte Stelle einen größeren Unterstand. Auch hier nehmen wir als Bodengrund dunklen Basalt, der durch einige Steine und kleinere Wurzelstücke natürlich aufgelockert wird. Die Patina bekommt er von selbst. Auf der oberen Stufe wird von links kommend *Lagarosiphon muscoides* anfangs dicht und zur Mitte des Beckens immer lockerer werdend gepflanzt. Von rechts nach links wird in gleicher Weise mit *Aponogeton distachyus* verfahren. Eine der Pflanzengruppen halten wir etwas umfangreicher. Links bleibt die Bepflanzung etwas von der Stufe zurück, um zwangloser zu wirken, dafür wird hier im unteren Boden zum Beispiel eine schöne *Nymphaea baumii* gesetzt. Wer mag,

Bild 31. *Dekorationsvorschlag für ein Landschaftsaquarium aus dem afrikanischen Regenwald. Abgebildete Fische (von links nach rechts): 1. Pantodon buchholzi, 2. Epiplatys macrostigma, 3. Aphiosemion bivittatum bivittatum, 4. Pelmatochromis taeniatus, 5. Polycentropsis abbreviata*

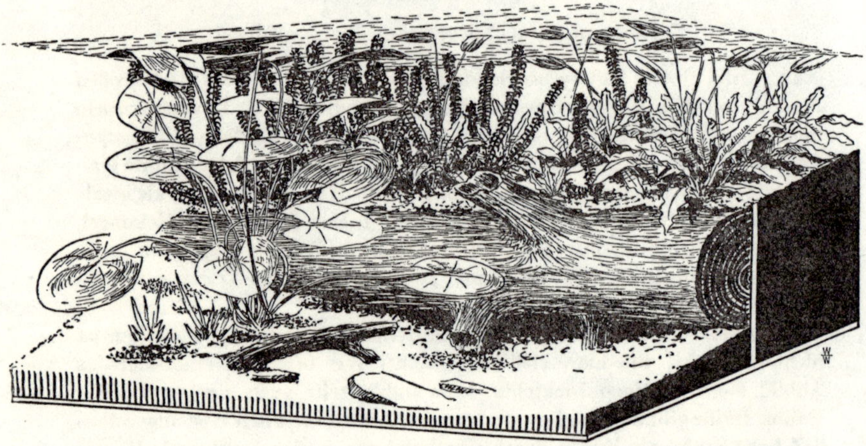

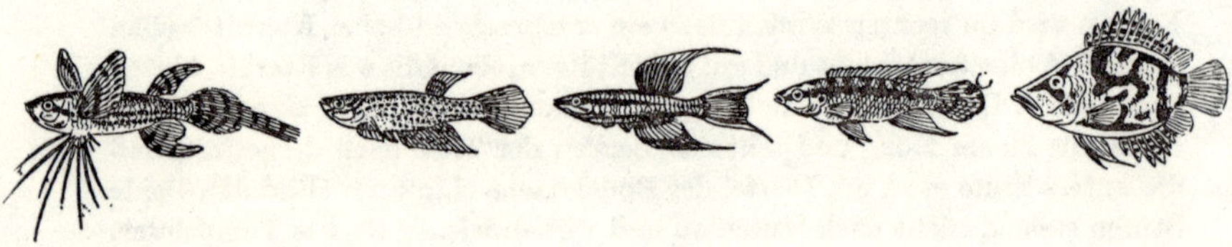

bedeckt einen Teil der Wasseroberfläche mit einer *Trapa*-Art. Die Wassertemperatur soll auch hier 25° bis 30° C betragen, das Wasser soll leicht sauer sein. Der Leitwert ist niedrig (Regenwald).

Eine interessante Fisch-Familie dieser Gewässer ist die Gattung *Ctenopoma*. Es sind Labyrinther, von denen einige Arten unser Becken bevölkern sollen. Zwei bis drei *Pantodon buchholzi* werden sich an der Oberfläche wohlfühlen, wenn Schwimmpflanzen vorhanden sind. Die übrige Besetzung wählen Sie selbst aus dem reichlichen Zierfischangebot dieses Landes aus. Sie dürfen dabei ruhig großzügig sein (siehe Tabelle S. 84/85).

Meeresaquarien (Mittelmeer und Nordsee)

Sand und Steine sind die wichtigsten Gestaltungselemente für ein Meeresaquarium unserer Breiten. Das scheint auf den ersten Blick etwas dürftig zu sein, doch wie abwechslungsreich und traumhaft schön ein Meeresboden aus Sand und Steinen sein kann, haben uns in jüngster Zeit der Tauchsport und die Unterwasserfotografie gezeigt.

Die Tierwelt des Meeres ist sehr artenreich, und die Devise „jeder gegen jeden" scheint hier den Kampf ums Dasein zu bestimmen. Daher ist die richtige Auswahl der Tiere wichtig. In einem Nordsee- oder Mittelmeeraquarium finden wir als Normalbesetzung verschiedene Arten von Anemonen, Seesternen und Seeigeln, Seegurken, Einsiedlerkrebsen und Krabben, Röhrenwürmern, Schnecken, einigen Bodenfischen und eventuell auch einigen freischwimmenden Fischen. Ohne große Mühe kann man dieses Aquarium schön dekorieren und dabei so zweckmäßig einrichten, daß es den Ansprüchen vieler Tierarten genügt.

Sand und Steine sind also unser Dekorationsmaterial. Der käufliche, weiße, feine Aquariensand eignet sich ausgezeichnet für unsere Zwecke. Er ähnelt dem weißen Meeressand, wird aber nicht so kompakt wie dieser. Er bleibt immer vom Wasser durchströmbar. Muschelschalen, Schneckengehäuse, Korallenästchen und was sonst noch an ähnlichen Dingen in der Urlaubsandenkenkiste vorhanden ist, wandert jetzt kurzerhand in einen Mörser, wird etwas zerkleinert und dann unter den Sand gemischt. Die Ramschkiste wird etwas leerer, und der Aquarienboden bekommt ein natürliches Aussehen.

Da für die meisten Meerestiere Tarnung und Versteck lebensnotwendig sind, werden wir Dekorationssteine mit möglichst vielen Löchern und mit Versteckmöglichkeiten jeder Größe auswählen. Sehr gut eignet sich dazu der „Schweizerkäse" unter den Steinen, das Dolomitgestein. Es kommt mit seinem bizarren Aussehen den durch die Kalkwohnungen unzähliger Meerestiere unebenen und versteckreichen Felsenoberflächen sehr nahe. Als Vorlage für unser Aquarium dient uns eine Stelle des Meeresbodens, wo eine Felswand im Sandgrund endet; davor liegen einige Steine.

In jeder Steinsägerei findet man brauchbare Anschnitte. Das sind große Platten, die auf einer Seite rauh behauen sind und auf der anderen Seite eine glatte Schnittfläche aufweisen. So eine Platte wird als Felsenrückwand hinten eingepaßt. Rechts hinten wird ein länglicher, möglichst etwas spitz zulaufender Steinbrocken so placiert, daß der Eindruck eines schrägen Felsvorsprunges entsteht. Wenn nötig, wird er im unteren Teil nochmal abgestützt. Lassen Sie sich davon nicht stören, daß Sie vielleicht verschiedenerlei Gesteinsarten verwenden müssen. Schon nach kurzer Zeit bildet sich ein Algenüberzug auf den Steinen, er gibt dann dem Ganzen ein einheitliches Aussehen. Links im vorderen Drittel bauen wir eine kleine Höhle aus mehreren Steinen, die wir mit UHU-plus verbinden (Bild 32). Ein flacher Stein, der senkrecht

BILD 32. *Dekorationsvorschlag für ein Mittelmeeraquarium. Abgebildete Fische (von links nach rechts): 1. Serranus scriba, 2. Dentex vulgaris, 3. Coris julis o, 4. Blennius ocellaris, 5. Crenilabrus scina*

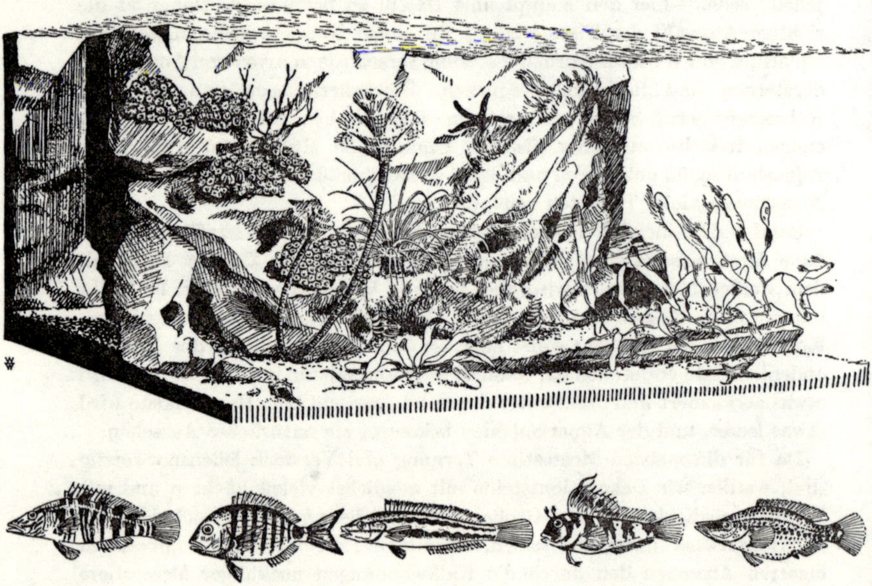

BILD 33. *Barriere aus Muschelschalen*

stehend von der Rückseite dieses Aufbaues bis zur Beckenrückwand reicht, schafft hinter dem Aufbau eine bis zum Boden freie Kammer, in der man den Filtertopf eines Innenfilters versteckt und leicht herausnehmbar unterbringt. Am Boden unserer Höhle soll ein Zufluß zu dieser Kammer freibleiben. Der Zwischenraum vom Höhlenfelsen zu dem rechten schrägstehenden Stein wird mit einem weiteren Stein überbrückt, und der Raum dahinter bis zur Rückwand und Filterkammer wird mit Sand gefüllt, von hinten nach vorn leicht abfallend. Damit nun der Sand nicht aus den Spalten nach allen Seiten davonrieselt, bedienen wir uns eines Tricks, den wir den Verhältnissen im Meer abgeguckt haben: Dort klemmen sich manchmal eine Menge leerer Muschelschalen durch die Wellenbewegung so fest in die Zwischenräume der Steine und verschachteln sich so innig ineinander, daß eine richtige kleine Barriere entsteht (Bild 33). Und genauso verfahren wir auch, nur helfen wir uns mit UHU-plus, damit die Muschelschalen beisammen bleiben. Es funktioniert und sieht natürlich aus. Rechts vorn schaffen wir mit einem länglichen Stein noch eine kleine Stufe. Sie wird mit Sand gefüllt, der dann nach links bis vor die Höhle flach auslaufend nur noch gerade den Boden bedeckt. Etwas *Caulerpa prolifera*, eine Meeresalge, die gut wächst, wenn das Licht ausreicht, und sie Ruhe zum Einwurzeln hat (zunächst keine Fische und Seeigel einsetzen!), soll auf jeden Fall eingebracht werden. Wo ihr die Bedingungen zusagen, wird sie sich von einem kleinen Stengelchen zu einem stattlichen Gebüsch auswachsen. Mit ein, zwei kleinen Gorgonienzweigen lockern wir das Ganze noch ein bißchen auf. Für etwaige Einsiedlerkrebse dürfen wir nicht versäumen, eine Handvoll leerer Schneckengehäuse passender Größe im Becken zu verstreuen, damit die Krebse bei Bedarf eine neue, größere Wohnung finden. In diesem Becken kann man gleich gut niedere Tiere oder Fische oder beides pflegen. Die Auswahl an Tieren ist so vielfältig, daß man sich auf jeden Fall eingehend informieren muß, ehe man seine Wahl trifft (WICKLER, Das Meeresaquarium). Eine Tabelle hierfür würde weit über den Rahmen dieses Buches hinausgehen.

Korallenfischbecken

Ein Korallenfischaquarium schön zu gestalten ist, glaube ich, leichter, als die Dekoration eines solchen Beckens zu beschreiben. Je bizarrer das natürliche Vorbild ist, desto schneller kapitulieren wir, weil uns plötzlich die Maßstäbe zur Beurteilung zu fehlen scheinen. Kein Mensch würde sagen, ein Korallenriff sei monoton, aber die dauernde Wiederholung des Bizarren ist monoton. Und dieser Eindruck kann auch im Aquarium leicht entstehen, wenn wir nicht sehr kritisch zu Werke gehen. Auch wenn der erste Eindruck eines Korallenbeckens wegen seiner Fremdartigkeit frappierend ist, kann seine Dekoration auf die Dauer uniformiert wirken, zumal wir ja nur tote, weiße Kalkgerüste ohne Tiere verwenden.

Die Korallenstöcke eines Riffes sitzen meistens mit ihrer Basis auf einem Konglomerat absterbender und abgestorbener Korallenzweige, durchwachsen und verkittet von unzähligen kalkausscheidenden Lebewesen. Dieses Fundament der lebenden Koralle steht in einem starken Kontrast zu ihr. Oben die lockeren verzweigten Äste, unten, Stöcke und Höhlen bildend, ein massives Fundament. Das gibt uns schon die Möglichkeit, abwechslungsreich zu gestalten.

Machen wir einmal eine kleine Bestandsaufnahme. Es stehen uns zur Verfügung: Korallenäste mit Fundament, Sand, reines Steinmaterial, eventuell eine größere dekorative Muschel (z.B. *Tridacna*) und der freie Wasserraum. Es ist sehr bedauerlich, daß die Korallenstöcke, die im Handel angeboten werden, meist völlig ohne Fundamente sind. Sie werden von den Sammlern anscheinend fein säuberlich an der Basis abgebrochen, ja man hat den Eindruck, es wird sorgfältig vermieden, ein noch so kleines Stück des Fundaments an der Koralle zu belassen. Dabei würde das doch den Wert einer Koralle für den Aquarianer wesentlich erhöhen! Losbrechen kann man es immer noch. So bleibt uns nichts anderes übrig, als zu improvisieren und so ein Fundament nach bestem Wissen nachzubauen. Auf löchriges Dolomitgestein als Grundlage werden Korallenbruch aller Art, kleinere Schneckenhäuser, Muschelschalen usw. als Dekorationsschicht mit UHU-plus aufgeklebt. Indem man verdünnten, weißen Polyesterspachtel in die Fugen und

Ritzen verlaufen läßt, entsteht ein einigermaßen naturähnliches Gebilde, wie wir es uns wünschen. Nun kann man die Korallenäste mit UHU-plus oder Palavit gleich auf diesem Block befestigen. Das sieht am ehesten organisch gewachsen aus, macht aber etwas Schwierigkeiten, wenn man die Korallen einmal säubern will, da das Ganze ein ziemlich unhandliches Gebilde wird. Zwischen gutem Aussehen und praktischer Handhabung muß hier jeder selbst entscheiden.

Wie sieht so etwas nun im Becken aus (Bild 34)? Von links vorn flach ansteigend ist der Boden mit Sand bedeckt und geht langsam in eine Steinplatte über, die gut aus einem dicken, stark unebenen Stück eines Steinanschnittes (siehe S. 74) bestehen kann. Von rechts nach hinten und links zieht sich nun das Gros des Korallengewirrs, wobei das blockige Fundament

Bild 34. *Dekorationsvorschlag für ein Korallenfisch-Aquarium. Abgebildete Fische (von links nach rechts): 1. Pomacanthus semicirculatus, 2. Chaetodon auriga, 3. Zanclus cornutus, 4. Pterois volitans, 5. Rhinecanthus aculeatus, 6. Amphiprion percula*

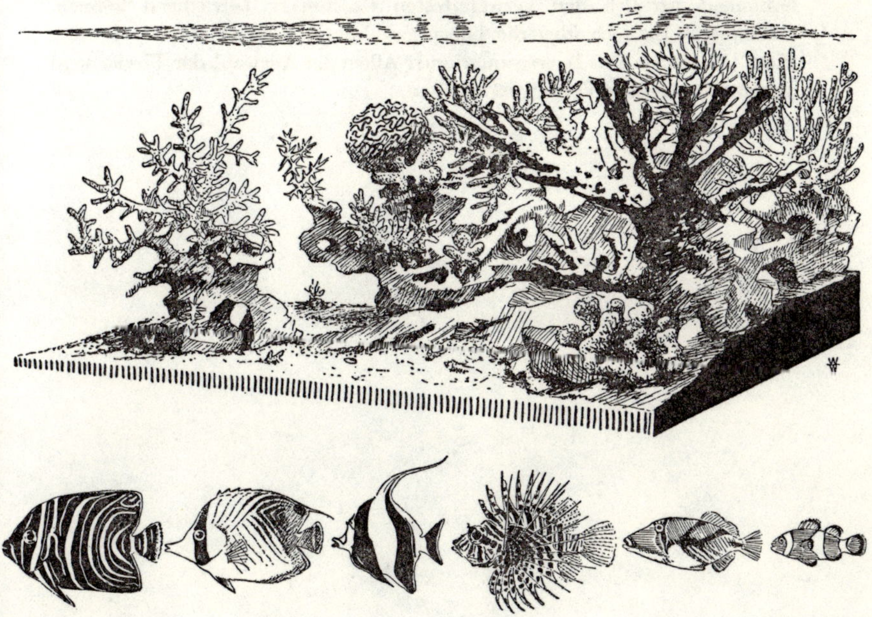

mit Höhlen und Spalten unterschiedlich hoch reicht, teilweise bis zur halben Höhe des Aquariums. Die darüberliegenden Korallenäste sind etwas nach vorn überhängend angebracht. Davor im linken Drittel steht eine kleine Korallengruppe ebenfalls auf einem Fundament, so daß der Eindruck entsteht, als wäre hier ein ehemals zusammenhängender Stock ausgespült und ausgeschwemmt worden (Kontrast). Die Schale einer nicht zu großen *Tridacna*, sie soll proportional zum Aquarium noch angenehm wirken, stecken wir halb in den Sand. Der Sand ist, wie S. 73 schon beschrieben, mit etwas Muschelbruch vermischt und wird noch mit kleinen Korallenstückchen bestreut. Wenn es Ihnen gelingt, ein paar Stengel einer tropischen *Caulerpa*-Art aufzutreiben, dann pflanzen Sie diese bitte in den Sand und nicht zwischen die Korallen. Das geht aber auch hier nur dann, wenn das Aquarium ohne Fischbesetzung bleibt, bis die Algen festgewachsen sind. Trotzdem müssen Sie sich mit dem Gedanken vertraut machen, daß unter Ihren Fischen eventuell einige sind, die sich Ihren schönen *Caulerpa*-Garten einfach einverleiben. Vorzuschlagen, welche Korallenfische man pflegen soll, wäre kühn angesichts der bunten Vielfalt dieser Meerestiere, die in ihrer Schönheit wirklich den verwöhntesten Geschmack befriedigen können. Informieren Sie sich über die Lebensgewohnheiten dieser Fische vor dem Kauf (WICKLER, Das Meeresaquarium)! Allein die Auswahl der Fische wird Ihnen schon großes Vergnügen bereiten.

Für Landschaftsaquarien geeignete Wasserpflanzen und Fische der südostasiatischen Ebenen:

a) PFLANZEN

Kleinere, auch rasenbildende Pflanzen	Mittel- bis großwüchsige Pflanzen	Schwimmpflanzen, (häufig Kosmopoliten)	Geeignete Kosmopoliten
Aponogeton undulatus	*Aponogeton crispus*	*Pistia stratiotes*	*Potamogeton crispus*
Acorus gramineus	*Aponogeton natans*	*Spirodela polyrrhiza*	*Vallisneria spiralis*
Cryptocoryne Beckettii	*Ottelia alismoides*	*Lemna minor*	*Myriophyllum verticillatum*
Limnophila sessiliflora	*Blyxa echinosperma*	*Lemna trisulca*	*Ceratopteris thalictroides* **
	Oryza sativa *	evt. *Eichhornia crassipes*	*Zannichellia palustris*
	Acorus calamus	*Aldrovanda vesiculosa*	*Hydrilla verticillata*
	Cryptocoryne cordata	*Trapa natans*	*Ceratophyllum submersum*
	Cryptocoryne Griffithii	*Utricularia exoleta*	*Ceratophyllum demersum*
	Cryptocoryne nevillii	*Ricciocarpus natans*	
	Cryptocoryne undulata	*Azolla pinnata*	
	Nymphaea tetragona		
	Nymphaea pygmaea alba		
	Nymphoides indica		
	Nymphoides peltata		
	Myriophyllum ussuriense		
	Limnophila gratioloides		
	Hygrophila species		

* echter Reis (Kulturanweisung in Wendt, „Die Aquarienpflanzen in Wort und Bild")
** Schwimmblattform einer submersen Art

b) FISCHE

Vorwiegend Oberflächen-Fische	Fische der mittleren Wasserschichten	Bodenfische und Boden versteck liebende Fische
Hemirhamphodus pogonognatus	*Rasbora agilis* *	*Brachygobius doriae*
Esomus danricus *	*Rasbora argyrotaenia*	*Botia lohachata* *
Esomus malayensis	*Rasbora chrysotaenia*	*Acantophthalmus kuhlii kuhlii*
Aplocheilon blockii	*Rasbora daniconius*	*Elotris marmorata*
Aplocheilon dayi	*Rasbora dorsiocellata*	
Aplocheilon lineatus	*Rasbora einthoveni*	
Aplocheilon panchax	*Rasbora elegans*	
	Rasbora heteromorpha	

b) FISCHE

Vorwiegend Oberflächen-Fische	Fische der mittleren Wasserschichten (Pflanzenversteck liebende Fische)	Bodenfische und Bodenversteck liebende Fische
	Rasbora maculata	
	Rasbora meinkeni	
	Rasbora pauciperforata	
	Rasbora philippinica	
	Rasbora taeniata	
	Rasbora tornieri	
	Rasbora trilineata	
	Rasbora paucisquamis	
	Rasbora urophthalma	
	Rasbora vaterifloris	
	Anabas testudineus	
	Helostoma temmincki	
	Macropodus chinensis	
	Macropodus cupanus dayi	
	Macropodus cupanus	
	Macropodus opercularis	
	Belontia signata	
	Spaerichthys osphromenoides	
	Colisa fasciata	
	Colisa labiosa	
	Colisa lalia	
	Betta bellica	
	Betta brederi	
	Betta fasciata	
	Betta picta	
	Betta pugnax	
	Betta splendens	
	Barbus binotatus	
	Barbus chola	
	Barbus conchonius	
	Barbus fasciatus	
	Barbus hexazona	
	Barbus oligolepis	
	Barbus phutunio	
	Barbus stigma	
	Barbus tereo	
	Barbus titteya	
	Barbus vittatus	
	Cryptopterus bicirrhis *	
	Cryptopterus macrocephalus	
	Ophicephalus-Arten	

* Schwarmfische (alle *Rasbora*-Arten, alle *Cryptopterus*-Arten)

Für Landschaftsaquarien geeignete Wasserpflanzen und Fische der südostasiatischen Gebirgsbäche:

a) PFLANZEN

Kleinere, auch rasenbildende Pflanzen	Mittel- bis großwüchsige Pflanzen	Schwimmpflanzen, (häufig Kosmopoliten)	Geeignete Kosmopoliten
Aponogeton undulatus *Myriophyllum ussuriense*	*Aponogeton crispus* evt. *Vallisneria gigantea* * *Cryptocoryne grandis* *Cryptocoryne undulata* *Cryptocoryne griffithii* *Cryptocoryne haerteliana*		*Ceratopteris thalictroides* ** *Potamogeton crispus* *Vallisneria spiralis* *Ceratophyllum demersum* *Ceratophyllum submersum*

* nährstoffreicher Boden notwendig
** Schwimmblattform einer submersen Art

b) FISCHE

Vorwiegend Oberflächen-Fische	Fische der mittleren Wasserschichten	Bodenfische und Bodenversteck liebende Fische
	Danio devario * *Danio malabaricus* *Barbus zelleri* *Barbus binotatus* *Barbus chola* *Barbus conchonius* *Barbus cumingii* *Barbus gelius* *Barbus danckeri* *Barbus fasciatus* *Barbus lateristriga* *Barbus nigrofasciatus* *Barbus oligolepis* * *Barbus roloffi* *Barbus semifasciolatus* *Barbus stigma* *Barbus stoliczkanus* *Barbus ticto* *Barbus vittatus* *Rasbora argyrotaenia* *	*Labeo bicolor* *Labeo erythrurus* *Botia horae* * *Botia hymenophysa* *Botia lucas-bahi* *Botia macracantha* *Botia modesta* *Acanthopsis choirorhynchus*

* Schwarmfische (alle *Rasbora*-Arten, alle *Botia*-Arten, alle *Danio*-Arten)

FISCHE

Vorwiegend Oberflächen-Fische	Fische der mittleren Wasserschichten	Bodenfische und Bodenversteck liebende Fische
	Rasbora daniconius *Rasbora dorsiocellata* *Rasbora elegans* *Rasbora jacobsoni* *Rasbora lateristriata* *Rasbora leptosoma* *Rasbora pauciperforata* *Rasbora maculata*	

Für Landschaftsaquarien geeignete Wasserpflanzen und Fische aus dem Amazonasgebiet:

a) PFLANZEN

Kleinere, auch rasenbildende Pflanzen	Mittel- bis großwüchsige Pflanzen	Schwimmpflanzen (häufig Kosmopoliten)	Geeignete Kosmopoliten
Echinodorus intermedius *Echinodorus tenellus* *Heleocharis acicularis*	*Najas microdon* *Echinodorus brevipedicellatus* *Echinodorus longistylus* *Echinodorus paniculatus* *Sagittaria montevidensis* *Hydrocleis nymphoides* *Elodea densa* *Eichhornia azurea* *Heteranthera zosteraefolia* *Cabomba aquatica* *Myriophyllum brasiliense* *Nymphoides humboldtiana*	*Riccia fluitans* *Ricciocarpus natans* *Salvinia auriculata* *Salvinia oblongifolia* *Azolla caroliniana* *Azolla filiculoides* *Limnobium stoloniferum* *Pistia stratiotes* *Eichhornia crassipes* *Phyllanthus fluitans*	*Ceratopteris thalictroides* * *Zannichellia palustris* *Vallisneria spiralis* *Ceratophyllum demersum* *Ceratophyllum submersum*

* Schwimmblattform einer submersen Art

FISCHE

Vorwiegend Oberflächen-Fische	Fische der mittleren Wasserschichten	Bodenfische und Bodenversteck liebende Fische
Carnegiella strigata	*Methynnis roosevelti*	*Anostomus anostomus* **
Gasteropelecus sternicla	*Methynnis schreitmülleri*	*Corydoras aeneus* *
Pterodiscus levis	*Moenkhausia oligolepis*	*Corydoras arcuatus*
Thoracocharax securis	*Hemigrammus ocellifer* *	*Corydoras leopardus*
Pyrrhulina brevis	*Hemigrammus pulcher*	*Corydoras melanistius melanistius*
Pyrrhulina nigrofasciata	*Hemigrammus rhodostomus*	*Corydoras nattereri*
Copeina arnoldi	*Hyphessobrycon gracilis* *	*Corydoras punctatus julii*
Copeina guttata	*Hyphessobrycon heterorhabdus*	*Callichthys callichthys* *
Nannostomus beckfordi aripirangensis	*Hyphessobrycon innesi*	*Geophagus jurupari*
Nannostomus marginatus marginatus	*Hyphessobrycon cardinalis*	
Poecilobrycon eques	*Hyphessobrycon loretonensis*	
Poecilobrycon trifasciatus	*Hyphessobrycon ornatus*	
Poecilobrycon unifasciatus	*Hyphessobrycon callistus rosaceus*	
Rivulus strigatus	*Hyphessobrycon scholzei*	
Rivulus urophthalmus	*Crenuchus spilurus*	
Rivulus ocellatus	*Prionobrama filigera*	
Nannobrycon eques eques *	*Corydoras hastatus hastatus*	
	Phalloceros caudomaculatus *	
	Poecilia vivipara *	
	Aequidens curviceps	
	Apistogramma agasizii	
	Apistogramma ramirezi	
	Apistogramma pertense	
	Apistogramma pleurotaenia	
	Cichlasoma festivum	
	Cichlasoma severum	
	Nannacara taenia	
	Pterophyllum scalare *	
	Symphysodon discus	
	Uaru amphiacanthoides	

* Schwarmfische (alle *Hemigrammus*-Arten, alle *Hyphessobrycon*-Arten, *Corydoras*-Arten)
** nur Bodenfresser (keine ausgesprochenen Bodenfische)

Für Landschaftsaquarien geeignete Wasserpflanzen und Fische des afrikanischen Regenwaldgebietes:

a) PFLANZEN

Kleinere, auch rasenbildende Pflanzen	Mittel- bis großwüchsige Pflanzen	Schwimmpflanzen (häufig Kosmopoliten)	Geeignete Kosmopoliten
Zannichellia Aschersoniana *Heleocharis parvula* *Anubias nana* *Ludwigia pulvinaris*	*Fontinalis antipyretica* evt. *Aponogeton fenestralis* *Aponogeton leptostachyus* evt. *Aponogeton ulvaceus* *Aponogeton distachyus* *Ottelia alismoides* *Lagarosiphon muscoides* *Anubias congensis* *Anubias lanceolata* *Brasenia Schreberi* *Nymphaea Baumii* *Limnophila gratioloides*	*Ricciocarpus natans* *Azolla pinnata* *Hydrocharis morsus ranae* *Pistia stratiotes* *Trapa natans* *Utricularia exoleta*	*Ceratopteris thalictroides* * *Potamogeton crispus* *Zannichellia palustris* *Vallisneria spiralis* *Hydrilla verticillata* *Ceratophyllum demersum* *Ceratophyllum submersum* *Myriophyllum verticillatum*

* Schwimmblattform einer submersen Art

b) FISCHE

Vorwiegend Oberflächen-Fische	Fische der mittleren Wasserschichten	Bodenfische und Bodenversteck liebende Fische
Epiplatys chaperi	_Phenacogrammus interruptus_*	_Neolebias ansorgei_
Epiplatys chevalieri	_Aphyosemion arnoldi_	_Neolebias landgrafi_
Epiplatys duboisi	_Aphyosemion bivittatum bivittatum_	_Neolebias unifasciatus_
Epiplatys macrostigma	_Aphyosemion australe_	_Nannaethiops unitaeniatus_*
Epiplatys ornatus	_Aphyosemion calliurum calliurum_	_Nannaethiops tritaeniatus_
Epiplatys sexfasciatus	_Aphyosemion coeruleum_	_Barbus werneri_
Epiplatys sheljuzhkoi	_Aphyosemion filamentosum_	_Barbus unitaeniatus_
_Aplocheilichthys flavipinnis_*	_Aphyosemion gulare_	_Barbus gambiensis_
Aplocheilichthys katangae	_Aphyosemion gardneri_	_Barbus camptacanthus_
Aplocheilichthys macrophthalmus	_Aphyosemion roloffi_	_Barbus callipterus_
Aplocheilichthys myersi	_Aphyosemion sjoestedti_	_Barbus holotaenia_
Pantodon buchholzi	_Aphyosemion cognatum_	_Eleotris lebretonis_
	Aphyosemion calabaricus	
	Pelmatochromis arnoldi**	
	Pelmatochronis annectens	
	Pelmatochromis pulcher	
	Pelmatochromis subocellatus	
	Pelmatochromis taeniatus	
	Polycentropsis abbreviata	

* Schwarmfische (alle _Aplocheilichthys_-Arten, alle _Nannaethiops_-Arten)
** bei diesen Arten fördert ein geringer Salzzusatz das Wohlbefinden (alle _Pelmatochromis_-Arten)

Sachregister

Wie heißt der Fisch, der Ihnen gefällt, wie groß wird er, kann man ihn mit anderen Arten zusammen pflegen?

Der Aquarianer steht heute vor einem verwirrend vielfältigen Angebot an Zierfischen. Mit diesem neuen KOSMOS-Naturführer gelingt die Bestimmung der heute erhältlichen Arten:

Welcher Zierfisch ist das?

500 Arten in Farbfotos

Klaus Paysan beschreibt und stellt in Farbfotos mehr als 500 Arten und Rassen vor. Die Bestimmung eines Zierfisches nach Gattung und Art ist oft auch für den Fachmann schwierig, ganz abgesehen davon, daß Arten, die zwar ähnlich aussehen und leicht zu verwechseln sind, verschiedene Ansprüche stellen können. Gute Farbfotos zeigen Farbe und Zeichnung, Körperform und Umriß eines Fisches, sie zeigen die Schwimmhaltung, die Stellung der Flossen, die Proportionen von Rumpf, Kopf und Schwanz: Danach kann der Aquarianer jeden Zierfisch besser bestimmen als es mit noch so ausführlichen Beschreibungen möglich ist.

Formenschlüssel ermöglichen ein schnelles Finden der gesuchten Gattungen auf den **32 Farbtafeln.** Die einzelnen Arten lassen sich aufgrund der Farbfotos bestimmen. Jeder Farbtafel sind **Kurztexte** zugeordnet, die als Erstinformation dienen und zum **ausführlichen Textteil** des Buches hinführen. In diesem werden die allgemeinen Eigenschaften, wichtigen Merkmale, Verträglichkeit sowie Beckeneinrichtung, Wasser, Futter und Herkunft jeder der über 500 Arten beschrieben. Jeder Artbeschreibung ist außerdem eine Zeichnung zugeordnet, die noch einmal die wesentlichsten Merkmale des Fisches herausstellt. Wenn Sie Gattung und Art Ihres Fisches kennen und mehr über ihn wissen wollen, dann hilft Ihnen ein **ausführliches Register,** um schnell zu der gewünschten Information zu kommen.

Klaus Paysan, der von der KOSMOS-Gesellschaft der Naturfreunde mit der Wilhelm-Bölsche-Medaille in Silber ausgezeichnet wurde, ist ein berühmter Naturfotograf. Auf seinen zahlreichen Forschungsreisen lernte er die natürlichen Lebensräume und Fundorte vor allem der aus Afrika stammenden Zierfische kennen. Alle in diesem Buch abgebildeten Fische hat Klaus Paysan lange beobachtet und die meisten davon im eigenen Aquarium gepflegt.

224 Seiten mit ca. 800 Zeichnungen und über 500 Farbfotos auf 32 Tafeln. Leinen. Best.-Nr. 3743 G.

aquarien magazin

Monatshefte für Aquarien- und Vivarienkunde
Eine neue Zeitschrift aus dem KOSMOS-Verlag

Aquarien-Magazin berichtet über Leben und Verhalten der Vivarientiere, über Grundlagen der Aquarientechnik und Aquarienchemie, gibt Informationen und Anregungen für Liebhaber der Aquaristik und Vivaristik.

Das Aquarien-Magazin bietet lebendig geschriebene Artikel, die Sie auch ohne Hilfe eines Wörterbuches lesen können. Aquarien-Magazin hält nichts von halbwissenschaftlichem Fachjargon. Hier finden Sie Schilderungen vom Leben und Verhalten der Vivarientiere. Zwischen Buntbarschen, Kampffischen und Harnischwelsen wird Ihnen auch einmal ein Molch begegnen, eine Kröte oder ein Gecko ...

Aquarien-Magazin informiert Sie zuverlässig: Experten prüfen jeden Text. Alle Hefte sind reichhaltig bebildert. Aquarien-Magazin scheut sich nicht, auch die einfachsten Dinge noch einmal zu sagen, um Anfänger vor Mißerfolgen zu bewahren. Für erfahrene Aquarianer werden auch Haltung und Zucht seltener und schwieriger Arten beschrieben.

Aquarien-Magazin erscheint monatlich und ist reich bebildert. Jede Nummer hat über 40 Seiten Umfang mit vielen, teils farbigen Bildern.

Zu beziehen durch Ihre Buch- oder Fachhandlung!

Kosmos-Verlag · Franckh'sche Verlagshandlung · Stuttgart

DAS VIVARIUM

Aquarien- und Terrarienkunde in Einzeldarstellungen

Aquarienhygiene. Dr. Hellmuth Wachtel berichtet über Reinhaltung des Wassers, Klärung trüb gewordenen Wassers, Bodengrund und Pflanzenwuchs, Zusammenhänge zwischen Beleuchtung, Sauerstoffproduktion der Pflanzen und Algenwachstum, Futterhygiene und Zuchthygiene. Wer diesen Band gelesen hat, weiß genau, wie man ein Aquarium einrichten und pflegen muß, damit sich die Fische wohlfühlen. * 3218 K

Aquarienpflanzen. Gerhard Brünner behandelt die Bedeutung der Pflanzen für den Stoffhaushalt im Becken und als Versteckplätze und Reviergrenzen für die Fische. Der Autor beschreibt die einzelnen Pflanzen, erläutert Wachstumsbedingungen, Vermehrung, Auswahl und Pflanzen. * 3124 K

Aquarientechnik. Guido Hückstedt berät bei Anschaffung und Einsatz geeigneter Geräte für Beleuchtung, Heizung, Filterung, Wasseraufbereitung, Auswahl der Geräte und Hilfsmittel. * 3230 K

Basteln für Aquarienfreunde. Karl-Heinz Stein zeigt, wie der technisch geschickte Bastler vom Aquarium bis zur automatischen Futterversorgung der Jungfische alles selbst basteln kann. * 3444 K

Licht im Aquarium. Rolf Kübler zeigt, wie man mit Hilfe von modernen Leuchtstofflampen die richtigen Lichtverhältnisse für das Aquarium schafft. * 3532 K

* = Bestellnummer.

Über alle weiteren Bände der Buchreihe DAS VIVARIUM unterrichtet Sie die Informationsschrift P 046, die wir Ihnen auf Wunsch gerne kostenlos zusenden.
Bestellungen geben Sie bitte bei Ihrer Buch- oder Fachhandlung auf!

kosmos-Verlag · 7000 Stuttgart 1 · Postfach 640